사람은 무엇으로 사는가

옮긴이 **강승현**

고려대학교 노어노문학과를 졸업하고, 러시아의 모스크바 국립 대학교에서 20세기 러시아 단편 소설 장르 연구로 박사학위를 받았다. 현재는 한국산업기술대학교 내의 '트리즈혁신연구소'에서 러시아에서 개발된 창의적 문제해결 이론(TRIZ)의 창의적 상상력 계발 이론과 단편 소설의 장르적 특성을 결합한 스토리텔링 기반의 문화콘텐츠 개발 연구를 중점적으로 하고 있다. 공저로 『창의성의 기술』, 역서로 『창의쟁이 어대순의 미션임파서블』 등이 있다.

사람은 무엇으로 사는가_레프 톨스토이 단편선

| 펴 낸 날 | 2019년 7월 29일 초판 1쇄 |
| | 2019년 9월 20일 초판 2쇄 |

지 은 이	레프 톨스토이
옮 긴 이	강승현
펴 낸 이	박지민
책임미술	디자인온
일러스트	SUM MER CHILD

펴 낸 곳	모모북스
	서울특별시 동대문구 용두동 왕산로81 203-1호(두산베어스타운)
	전화	010-5297-8303
	등록번호	2019년 03월 21일 제2019-000010호
	e-mail	pj1419@naver.com

| ISBN | 979-11-9675-490-7 13840 |

• 책값은 뒤표지에 있습니다.
• 잘못된 책은 구입하신 곳에서 교환해드립니다.

사람은 무엇으로 사는 가

레프 니콜라예비치 톨스토이 지음 | 강승헌 옮김

돌모
북스

| 차례 |

사람은 무엇으로 사는가

1

한 구두장이가 아내와 자식들을 데리고 어느 농가에 세 들어
살고 있었다. 그는 집도 땅도 없어서 구두 짓는 일로 겨우 먹고
살았는데 빵 값은 비싸고 품삯은 보잘것없어서 버는 족족 먹을
거리만 사도 모자랄 형편이었다.

그에게는 아내와 번갈아 입는 겨울 털 코트 한 벌이 있었다.
그것마저도 낡아서 누더기나 마찬가지였다. 그래서 그는 2년
전부터 양가죽을 좀 사서 새 코트를 만들어야겠다고 마음먹고
있었다.

가을이 되자 구두장이는 돈을 조금 모을 수 있었다. 아내가
모은 3루블에다가 이웃에게 받을 돈도 5루블 20코페이카(러시
아 화폐 단위로 100코페이카는 1루블)나 되었다. 그래서 구두장이

는 아침부터 양가죽을 사기 위해 마을에 갈 채비를 했다. 그는 아침밥을 먹자마자 아내의 무명 내의 위에 루바시카(러시아의 남성용 겉저고리)를 입고 또 그 위에 털외투를 걸친 뒤, 3루블짜리 지폐를 주머니에 넣고 나무 막대를 지팡이 삼아 집을 나섰다.

그는 '받을 돈 5루블에다가 3루블을 보태면 양가죽을 살 수 있겠다.'라고 생각했다.

마을에 도착하자마자 구두장이는 돈을 받기 위해 한 농부의 집에 찾아갔다. 하지만 주인은 집에 없었고, 그의 아내로부터 일주일 안으로 돈을 마련해 보내주겠다는 말만 들을 수 있었다. 또 다른 농부의 집을 찾아갔는데 그 또한 줘야 할 돈만큼은 없지만 장화 수선한 대가인 20코페이카는 줄 수 있다고 말할 뿐이었다.

구두장이는 하는 수 없이 양가죽을 외상으로 사려고 했으나 가죽 장수에게 잔소리만 듣고 말았다.

"돈을 먼저 가져오시오. 그러면 마음에 드는 양가죽을 얼마든지 주겠소. 아니, 외상값 받기가 얼마나 힘든지 모르나…."

결국 구두장이는 2년이나 벼르고 별렀던 양가죽은 사지도 못했고 겨우 수선비 20코페이카와 낡은 털 장화를 수선하는 일감 하나만 받았을 뿐이었다.

속이 상한 구두장이는 수선비로 받은 20코페이카를 몽땅 털어 술을 마셔 버렸다. 그는 술김에 외투도 입지 않고 술집을 나왔다. 아침에 집을 나설 때는 좀 쌀쌀한 듯했지만 술기운 때문인지 춥지도 않았다. 구두장이는 지팡이로 언 땅을 두드리며, 다른 손으로는 털 장화를 휘휘 돌리면서 혼잣말로 중얼거렸다.

"털외투 안 입어도 춥지 않네, 뭐. 보드카 한잔 마셨을 뿐인데 이렇게 후끈거리다니. 털외투 없어도 상관없다 이거야. 살수 있다고. 근데 마누라가 가만있지 않을 텐데…. 난 죽어라 일해 주건만 마누라는 만날 나를 업신여기기나 하고 말이야. 그리고 네놈들. 이번에도 돈을 가져오지 않으면 쫓아가서 모자를 날려 버릴 테다. 도대체 이게 뭐냐고. 겨우 20코페이카를 주면 그걸로 뭘 하란 거야. 술 한잔 값밖에 되지 않을 돈으로 말이야. 너희들만 곤란해? 난 더 곤란하다고. 너희들은 그래도 소도 있고 말도 있고 집도 있잖아. 난 맨몸뚱이뿐이라고. 게다가 너희들은 농사도 지으니까 빵이라도 먹고살지. 난 그것도 돈 주고 사먹어야 한다고. 1주일에 빵 값만으로도 3루블이 들어요. 오늘도 집에 가면 빵이 없을 테니 또 1루블 반을 써야 한다고. 그러니 얼른 내 돈을 갚아 줘야 할 거 아니야."

그렇게 떠들면서 걷다 보니 구두장이는 어느새 교회 근처까지 와 있었다. 교회 뒤쪽에 뭔가 희끄무레한 게 보이는 듯했다. 이미 해가 진 뒤라 눈을 부릅뜨고 바라보았지만 당최 알아볼 수가 없었다.

"저기서 돌 같은 것 못 봤는데, 소인가? 아니 짐승 같지는 않

고 사람 같은데 왜 저렇게 하얗지? 사람이 아닐 거야. 사람이 저런 데 있을 리가 있겠어?"

구두장이는 좀 더 가까이 가 보았다. 사람이었다. 이게 웬일인가. 사람은 맞는데 죽었는지 살았는지 알 수가 없었고, 게다가 벌거벗은 채 교회 벽에 기대고는 꼼짝도 하지 않고 있었다. 갑자기 소름이 끼쳤다.

"어떤 나쁜 놈들이 이 사람을 죽이고 옷을 벗겨간 게 틀림없어. 괜히 가까이 갔다가 나중에 무슨 봉변을 당할지 몰라."

겁이 난 구두장이는 고개를 돌려 모른 체하며 얼른 교회 모퉁이를 돌아 버렸다. 그런데 교회 모퉁이를 돌고 나서 뒤를 돌아보니 그 사람이 몸을 일으켜 움직이면서 자기를 바라보는 듯이 보였다. 구두장이는 더더욱 겁을 집어먹었다.

'가까이 가 봐야 하나? 그냥 가 버릴까? 괜히 가까이 갔다가 무슨 봉변이라도 당하면 안 되지. 어떤 놈인지도 모르잖아. 꼴을 보니 어쨌든 좋은 놈은 아닐 거야. 가까이 갔다가 벌떡 일어나 내 목을 조를 수도 있어. 죽을 수도 있다고. 죽지는 않더라도 분명히 성가신 일에 휘말리게 될 거야.'

구두장이는 발걸음을 재촉했다. 그러나 교회에서 멀어질수록 양심의 가책은 커져만 갔다.

'저 벌거숭이를 어째야 하지? 내 옷이라도 벗어 줘야 하나?'

구두장이는 가던 길을 멈추고 혼잣말로 중얼거렸다.

"뭐하는 거냐, 세몬. 사람이 죽어 가는데 겁이 난다고 모르는 척해도 되는 거냐? 네가 뭘 빼앗길 것이라도 있는 부자야? 잘못하고 있는 거야, 세몬!"

결국 구두장이는 발길을 돌려 그 사내에게로 갔다.

2

세몬은 그 사내에게 다가가 자세히 살펴보았다. 자세히 보니 젊은 사내의 몸은 튼실해 보였고 얻어맞은 흔적도 보이지 않았다. 다만 몸이 꽁꽁 얼어붙고 지쳐서 고개를 들지도 못하고 있었다.

세몬이 좀 더 가까이 다가가자 그제야 그 사내는 인기척을 느낀 듯 고개를 들고 눈을 뜨며 그를 바라보았다. 세몬은 그 눈빛이 이상하게 마음에 들었다. 그는 지체 없이 털 장화를 땅바닥에 내려놓고 허리띠를 풀어 그 위에 얹은 뒤 털외투를 벗었다.

"이러다 큰일 나요. 이거라도 입읍시다."

세몬은 사내를 부축해 일으켰다. 사내가 일어섰다. 자세히 보니 사내는 손과 발도 거칠지 않았고 인상도 부드러웠다. 세몬이 그의 어깨에 외투를 걸쳐 주었지만 그는 소매에 팔을 스스로 넣지 못했다. 세몬은 두 팔을 소매에 끼워 주면서 허리띠까지 매주었다. 그리고 모자까지 씌워 줄까 하다가 '나는 머리숱이 없지만 이 사람은 덥수룩하니 괜찮을 거야.'라고 생각하며 대신 자신의 털 장화를 신겨 주었다.

"자, 이제 좀 움직여 봅시다, 다 잘될 거니 너무 걱정 말고. 그런데 걸을 수는 있겠나?"

그러나 사내는 아무 말 없이 일어서서 감동한 눈으로 세몬을 쳐다보았다.

"왜 말도 없어? 자, 이런 한 데서 겨울밤을 날 순 없지. 얼른 집으로 돌아가요. 여기 지팡이를 줄 테니 천천히 걸어 봅시다."

그러자 사내는 걷기 시작했다. 의외로 사내는 뒤처지지도 않고 세몬을 잘 따라왔다. 그렇게 둘이 같이 길을 걷기 시작하면서 세몬은 사내에게 물었다.

"자네는 대체 어디서 왔소?"

"저는 이곳 사람이 아닙니다."

"그럼, 내가 이 동네 사람들은 다 알지. 그런데 어쩌다가 이곳 교회 근처까지 왔나?

사내는 잠시 뜸을 들이더니 이렇게 말했다.

"그건 말할 수 없습니다."

세몬은 뭔가 짐작이 간다는 듯이 말했다.

"그렇겠지. 나쁜 놈들에게 뭔 짓을 당했겠지!"

"아닙니다. 제게 나쁜 짓을 한 사람은 없습니다. 저는 하느님의 벌을 받았습니다."

"그야 물론 모든 게 하느님의 뜻이지. 하지만 몸이 이러니 어디라도 들어가서 좀 쉬어야 하지 않아? 어디로 갈 건가?"

"저는 어디든 좋습니다."

세몬은 내심 놀랐다. 사내는 불량배 같지도 않았고 말씨도 공손했지만 자신에 대한 이야기는 조금도 하지 않으려 했기 때문이었다.

'하긴, 세상에는 말 못할 사정이 많지.'

세몬은 젊은이에게 물었다.

"그럼 우리 집이라도 가겠나? 몸을 좀 녹일 수 있을 테니까 말이야."

세몬은 사내를 데리고 집으로 향했다. 찬바람이 세몬의 겉저고리를 파고들었다. 그 바람에 술이 깨면서 추위가 느껴지기 시작했다. 세몬은 옷깃을 여미면서 코를 훌쩍거렸다. 그리고 생각해 보았다.

"어쩌다 일이 이렇게 된 것일까. 털외투를 만들 양가죽은커녕 털외투마저 없이 집으로 돌아가다니. 거기에 알지도 못하는 벌거숭이 사내까지 달고 가면 마트료나가 뭐라고 할까. 잔소리 꽤나 듣겠지?"

뒤늦게 마트료나 생각이 들면서 세몬은 걱정이 많아졌다. 하지만 교회에서 보았던 이 사내의 눈빛이 떠오르자 오히려 마음이 한결 유쾌해졌다.

3

세몬의 아내는 일찌감치 집안일을 마쳤다. 장작을 쪼개고 물을 긷고 아이들과 같이 저녁밥을 먹으면서 이런저런 생각을 했다.

'지금 빵을 구울까, 아니면 내일 아침에 구울까?'

아직 제법 큼지막한 빵 한 조각이 남아 있었다.

"세몬은 밖에서 점심을 먹었을 테니 저녁은 조금만 먹겠지. 그럼 내일 아침은 세몬이 먹고 남은 빵으로 충분할 거야."

마트료나는 다시 빵 조각을 만져 보면서 생각했다.

'그럼 오늘 저녁에는 빵을 굽지 말자. 밀가루도 별로 없으니 이걸로 금요일까지 버텨 보자.'

마트료나는 빵을 치우고 식탁에 앉아 남편의 해진 셔츠를 깁기 시작했다. 바느질을 하면서 그녀는 남편이 사 올 양가죽이

어떨지 생각하고 있었다.

'세몬이 가죽 가게 주인에게 속지 말아야 할 텐데. 그이는 사람이 너무 어수룩해. 남은 절대로 속이지 못하는 성격이지만 어린애한테도 속아 넘어갈 정도니까 말이야. 8루블이면 적은 돈은 아니니까 아주 좋은 것은 아니더라도 쓸 만한 털외투를 만들수는 있을 거야. 작년 겨울에 털외투가 없어서 얼마나 고생을 했던지. 강가고 어디고 갈 수가 없었잖아. 오늘도 그렇지. 그이가 내 내의랑 털외투를 입고 나가는 바람에 나는 입고 나갈 옷이 하나도 없잖아. 그나저나 그이가 올 때가 되었는데 왜 안 오지? 혹시 어디서 술이라도 먹고 오는 거 아냐?'

그때 마트료나는 현관 계단이 삐걱거리는 소리를 들을 수 있었다. 그녀는 반짇고리에 바늘을 꽂고 현관으로 나갔다. 그런데 세몬뿐만 아니라 맨발에 털 장화를 신은 한 사내도 함께 들어오는 것이었다. 그녀는 대번에 세몬이 술을 마셨다는 걸 알아차렸다.

'내 이럴 줄 알았어.'

남편은 털외투도 없이 빈손이었고, 게다가 처음 보는 이상한 사내와 함께 서 있었다. 그녀는 화가 치밀어 올랐다.

'그 돈을 몽땅 털어 술을 사 먹었군. 생판 모르는 이 건달하고 술을 마시고 그것도 모자라서 집에까지 끌고 왔네.'

두 사람을 따라 집안으로 들어오던 마트료나는 이 낯선 빼빼 마른 젊은이가 걸치고 있는 털외투가 자신들의 것임을 알게 되었다.

집안으로 들어온 젊은이는 그 자리에 선 채 고개를 숙이고 있었다. 마트료나는 이렇게 생각했다.

'뭔가 나쁜 짓을 저질러서 겁을 집어먹은 게 틀림없어.'

마트료나는 벽난로 옆으로 가서 얼굴을 찡그리며 두 사람을 연신 살펴보았다. 세몬은 모자를 벗고 태연하게 의자에 걸터앉았다.

"여보, 저녁 준비를 해야지 뭐해?"

그러나 마트료나는 뭐라고 중얼거리며 난로 옆에 그대로 서서 두 사람을 번갈아 쳐다볼 뿐이었다. 세몬은 그녀가 화가 많이 나 있다는 걸 알고는 있었지만 어쩔 수 없다는 듯이 젊은 사내의 손을 잡고 말했다.

"자, 앉아요. 저녁은 먹어야지."

그러자 사내는 의자에 앉았다.

"여보, 저녁 준비가 안 됐소?"

마트료나는 더 이상 화를 참지 못하고 입을 열었다.

"왜 안 했겠어요. 하지만 당신들 건 없어요. 보아하니 염치마저 홀랑 마셔 버린 모양이네. 양가죽을 사러 간다더니 빈손으로 온데다가 털외투까지 남 벗어 주고, 그것도 모자라 저 건달까지 데리고 오다니. 우리 집에 당신네 같은 주정뱅이들에게 줄 저녁이 어디 있겠어요?"

"여보, 사정도 모르면서 함부로 말하지 말아요. 무슨 일이 있었는지 먼저 물어봐야 할 거 아니요."

세몬은 털외투 호주머니를 더듬어 지폐를 꺼내 놓았다.

"자, 당신이 준 돈은 여기 있소. 그리고 도리포노프한테 꾸어 준 돈은 못 받았지만 내일은 꼭 주겠다고 약속했어."

그래도 마트료나는 화가 가라앉질 않았다. 모피도 사오지 않은데다가 단 한 벌밖에 없는 외투를 낯선 벌거숭이에게 입혀서 집으로 끌고 오다니. 마트료나는 탁자 위에 놓인 돈을 집어 장롱 속에 숨기며 말했다.

"저녁은 없어요. 저런 벌거숭이나 주정뱅이를 일일이 챙기다가는…."

"그래도 마트료나, 말 좀 조심해요. 그리고 우선 내 말 좀 들어보라구."

"주정뱅이에게 뭔 말을 들어요. 정말이지 난 당신 같은 주정뱅이와 결혼하고 싶지도 않았다고. 예전에 어머니가 주신 옷감도 술값으로 날려 버려, 이제는 양가죽 살 돈마저 홀랑 날려 버렸겠지요."

세몬은 자기가 술값으로 쓴 돈은 20코페이카뿐이며, 어쩌다가 이 청년을 만나 데려오게 되었는지 설명하려 했지만 마트료나는 말할 기회를 주지 않았다. 어디서 그렇게 줄줄이 생각이 나는지 한꺼번에 두세 마디가 튀어 나오니 세몬은 끼어들 여지가 없었다. 그렇게 그녀는 10년도 더 된 옛날 일까지 들추어내며 사정없이 퍼부어 대다가 갑자기 세묜에게 달려들어 옷소매를 움켜잡았다.

"필요 없으니까 내 옷이나 내놔요. 하나밖에 없는 내 옷을 뺏어 입고 뻔뻔하기도 하지. 빨리 벗어요. 아이고, 이 못난 인간 같으니라고, 차라리 어디 가서 죽어 버리는 게 낫지."

마트료나가 세묜의 옷을 잡아당기는 바람에 소매가 부드득 터지고 말았다. 화가 난 마트료나는 그의 옷을 벗겨 머리에 걸치고 밖으로 나가 버릴 생각이었다. 그러다가 문득 발걸음을 멈췄다. 화가 나긴 하지만 도대체 이 사내가 누군지 알아내야겠다고 마음을 먹은 것이다.

4

마트료나는 가던 길을 멈추고 돌아서면서 말했다.

"온전한 사람이라면 저러고 다니지 않은 텐데, 맨발에 셔츠도 안 입고. 당신이 무슨 나쁜 짓을 하지 않았다면 어디서 저 사람을 데려왔는지 왜 말을 못하는 거예요?"

"그 말을 하려던 참이야. 집으로 오고 있는데 이 사람이 교회 담 밑에 쭈그리고 앉아 있더라고. 알몸으로 꽁꽁 얼어붙은 채 말이오. 하느님이 나를 이 사람에게 보낸 거야. 내가 그리로 지나가지 않았다면 이 젊은이는 얼어 죽었을 거요. 살다 보면 무슨 일을 당할지 알 수 없잖소. 그래서 털외투를 입혀서 데려 온 거예요. 마트료나, 당신도 마음을 좀 가라앉히고 이 사람 처지를 생각해 봐요. 우리도 언젠가는 죽을 거 아니겠소."

마트료나는 뭔가 좀 더 심한 말을 퍼붓고 싶었으나 문득 낯선 젊은이를 쳐다보자 왠지 말문이 막혔다. 사내는 의자 끝에 걸터앉은 채 꼼짝도 하지 않았다. 두 손을 무릎 위에 올려놓고 가슴팍까지 고개를 떨어뜨린 채 줄곧 눈을 감고는 마치 목이 졸리기라도 하는 듯 얼굴을 찡그리고 있었다. 마트료나가 잠자코 있자 세몬이 입을 열었다.

"마트료나, 당신 마음속에도 하느님은 있지 않소?"

마트료나도 이 듣고 젊은이를 바라다보고 있자니 마음이 차츰 누그러졌다. 그녀는 문 앞에서 발길을 돌려 난로 옆으로 가 저녁 준비를 하기 시작했다. 잔을 탁자 위에 놓고 크바스(귀리와 엿기름으로 만든 러시아 맥주의 일종)를 따른 후 남은 빵을 잘라 내놓았다. 그리고 나이프와 포크를 놓으며 말했다.

"와서 식사들 하세요."

세몬은 사내를 식탁으로 데려갔다.

"앉아요, 젊은이."

세몬은 빵을 잘게 썰었고, 둘은 저녁을 먹기 시작했다. 마트료나는 탁자 끝에 앉아 한 손으로 턱을 괸 채 낯선 젊은이를 바라보았다. 그러자 마트료나는 문득 젊은이가 가엾어 보이기 시작했다. 심지어 보살펴 주고 싶다는 생각도 들었다. 그러자 젊은이의 표정이 밝아지면서 일그러진 얼굴이 펴졌고, 마트료나 쪽을 바라보면서 싱긋 웃기까지 했다. 식사가 끝나자 마트료나는 그릇들을 치운 다음 젊은이에게 물었다.

"젊은이는 대체 어디서 왔어요?"

"저는 이 지방 사람이 아닙니다."

"그런데 어쩌다 거기에 쓰러져 있었죠?"

"그건 말할 수 없습니다."

"강도라도 만난 거예요?"

"하느님께서 벌을 내리신 겁니다."

"그래서 벌거벗은 채 쓰러져 있었단 말이에요?"

"네, 알몸뚱이로 쓰러져 있다가 얼어 죽을 뻔했지요. 그런 저를 아저씨께서 보곤 가엾게 여겨 외투를 벗어 입혀 주고 여기까지 데리고 오신 것이지요. 그리고 여기선 아주머니께서 절 불쌍하게 생각하고 먹을 것과 마실 것을 주셨습니다. 두 분께는 하느님이 은총을 내리실 겁니다."

마트료나는 자리에서 일어나 방금 기워 놓은 세몬의 낡은 내의를 창가에서 가져다가 젊은이에게 주었다. 또한 속바지도 찾아서 건네주었다.

"자, 이거라도 입어요. 그리고 어디든 마음에 드는 자리에 누워서 자요. 침대 위든 벽난로 옆이든…."

젊은이는 털외투를 벗고 내의와 바지를 입은 다음 침대에 누웠다. 마트료나는 등불을 들고 외투를 집어 남편 곁으로 갔다. 마트료나는 외투 자락을 덮고 누웠으나 생각이 멈추질 않아 좀처럼 잠이 오지 않았다. 젊은이가 마지막 남은 빵을 먹어 버렸으니 당장 내일 아침 먹을 것이 없다는 사실과 남편의 옷을 주어 버린 일을 생각하면 아쉬운 마음이 들었다. 하지만 젊은이가 싱긋 웃던 모습이 떠올라 그녀의 마음은 어느새 환하게 밝아지는 것이었다. 마트료나는 오래도록 잠을 이루지 못했다. 세몬도 잠이 안 오는지 외투 자락을 한번씩 끌어당기곤 했다. 마트료나가 세몬에게 말했다.

"남은 빵은 다 먹어 버렸는데 반죽도 해 놓지 않았으니 어떻게 하지? 옆집 사는 마나랴에게 좀 꾸어 달랄까?"

"그러든지. 설마 산 입에 거미줄 치려고."

마트료나는 한동안 말없이 누워 있었다.

"저 사람 말이에요, 나쁜 사람 같지는 않은데 어째서 자기 얘기는 통 하질 않는 걸까요?"

"글쎄, 뭔가 사정이 있는 것 같아."

"세몬!"

"응?"

"우리는 남을 돕는데, 남들은 왜 우리를 돕지 않을까요?"

세몬은 뭐라고 대답해야 할지 몰랐다.

"뭐, 어쩌겠어."

세몬은 그렇게 말하곤 돌아누워 잠이 들었다.

5.

이튿날 아침 세몬이 일어났을 때, 아이들은 여전히 자고 있었지만 마트료나는 이웃집으로 빵을 빌리러 나가고 없었다. 어제 데리고 온 젊은이는 낡은 내의와 속바지를 입은 채 의자에 앉아 천장만 바라보고 있었다. 그의 얼굴은 어제보다 한결 밝아 보였다.

"이보게, 젊은이, 주린 배는 빵을 원하고 알몸뚱이에게는 옷이 필요하니 뭔가 벌이를 해야 하지 않겠나. 자네는 무슨 일을 할 줄 아나?"

"저는 할 줄 아는 게 아무것도 없습니다."

세몬은 좀 놀랐지만 이렇게 말했다.

"하고자 하는 마음만 있으면 돼. 뭐든 배워서 익히면 되니까."

"저도 다들 사람들처럼 뭐든 해 보겠습니다."

"그런데 자넬 뭐라고 부르면 되지?"

"미하일입니다."

"그래, 미하일. 자네는 자신에 대해 말하고 싶지 않은 모양인데, 어쨌든 좋아. 뭐 꼭 알아야 하는 건 아니니까. 하지만 자기밥벌이는 해야 해. 내가 시키는 일을 해 주면 자네를 밥은 먹여 주지. 어때 괜찮은가?"

"고맙습니다. 열심히 배우고 익히겠습니다. 뭐든지 시켜 주십시오."

세몬은 실을 집어 손가락에 감아서 꼬기 시작했다.

"별로 어려울 건 없어. 자, 보라고."

미하일은 그것을 들여다보더니 금방 배워서 따라 했다. 세몬은 꼰 양털을 삶는 법, 실을 꿰어 가죽을 깁는 법을 가르쳤고 미하일은 이 모두를 쉽게 따라했다. 미하일은 어떤 일을 가르쳐도 즉시 터득했기에 사흘째 되던 날부터는 마치 원래 구두장이였던 것처럼 능숙하게 모든 작업을 해 낼 수 있었다.

미하일은 몹시 부지런히 일했고 밥은 조금밖에 먹지 않았다. 한가할 때는 조용히 천장만 바라보았고, 밖으로 나가지도 않았다. 또한 농담을 하거나 웃지도 않았다. 미하일이 웃어 보인 건 처음 왔던 날 마트료나가 저녁 준비를 했을 때뿐이었다.

6

하루가 저물고, 일주일이 지나고, 어느덧 1년이 흘렀다. 미하일은 여전히 세몬의 집에서 일하며 살았는데 솜씨가 좋아 소문이 자자해졌다. 온 동네에 세몬의 보조 직공 미하일만큼 모양 좋고 튼튼한 구두를 만드는 사람이 없다는 명성이 퍼졌고, 이웃 마을에서까지 주문이 밀려들어 세몬의 수입은 점점 늘어나게 되었다.

어느 겨울날이었다. 세몬이 미하일과 마주앉아 함께 일을 하고 있는데 방울소리가 요란한 삼두마차 한 대가 집 앞에 멈췄다. 창밖을 내다보니 마차는 집 앞에 멈추어 있었고, 마부석에 앉아 있던 젊은이가 뛰어내려 마차의 문을 열었다. 그러자 모피 외투를 입은 신사가 마차에서 내려서 세몬의 가게 계단으로 올라왔다. 마트료나가 뛰어나가 문을 활짝 열었다. 신사는 몸을 구부리고 가게 안으로 들어와서 다시 허리를 폈는데, 머리는 천장에 닿을 정도였고 몸집은 방안을 꽉 채울 것만 같았다.

세몬은 신사의 큰 몸집에 입을 다물지 못했다. 이제까지 살아오면서 이렇게 큰 사람은 본 적이 없었다. 세몬은 호리호리한 체격이었고 미하일은 깡마른 편이었으며 마트료나조차도 마치 마른 나뭇가지처럼 생겼는데, 이 신사는 어디 다른 세상에서라도 왔는지 얼굴이 불그스름하게 윤이 나고 목덜미는 황소처럼 굵직해 마치 온 몸이 무쇠로 만들어진 것 같았다.

신사는 숨을 크게 한 번 내쉬더니 외투를 벗고 의자에 앉으면서 물었다.

"이 구둣방 주인이 누군가?"

세몬이 앞으로 나서며 말했다.

"제가 주인입니다, 나리."

그러자 신사는 함께 온 젊은이에게 큰 소리로 말했다.

"페지카, 물건을 가져와!"

젊은이가 달려가서 꾸러미를 가지고 오자 신사는 그것을 받아 탁자 위에 놓으며 명령했다.

"풀어!"

젊은이가 보따리를 풀었다.

신사는 물건을 손가락으로 쿡쿡 찌르며 세몬에게 말했다.

"주인장, 이게 어떤 가죽인지 알겠나?"

세몬이 가죽을 만져 보고 나서 대답했다.

"네, 아주 좋은 가죽입니다."

"멍청하기는! 당연히 좋은 가죽이지. 자네 같은 사람은 아직 이런 가죽은 구경도 못했을 걸. 이게 독일제야, 20루블이나 줬다고."

세몬은 겁먹은 목소리로 말했다.

"감히 저 같은 것이 어디서 이런 물건을 봤겠습니까요."

"물론 그렇겠지. 어쨌든 이 가죽으로 내 발에 꼭 맞는 장화를 만들 수 있겠나?"

"네, 지을 수 있고 말굽쇼, 나리."

신사는 버럭 큰소리를 질렀다.

"지을 수 있다고! 명심해라. 도대체 누구의 장화를 어떤 가죽으로 만드는지 말이야. 나는 1년을 신어도 모양이 망가지거나 실밥이 터지지 않는 장화를 원한다. 그러니까 할 수 있으면 재단을 하고, 그렇지 않으면 아예 손을 대지 않는 게 좋을 거다. 미리 말해 두지만, 만일 장화가 1년 안에 일그러지거나 파손되면 네 놈을 감옥에 보내 버리겠다. 대신 1년이 지난 뒤에도 멀쩡하면 그때 가서 품삯으로 10루블을 주지."

세몬은 더럭 겁이 나서 무슨 말을 해야 할지 몰라 미하일을 쳐다보았다. 그리고 팔꿈치로 미하일을 쿡 찌르면서 속삭였다.

"이봐, 어떡하지?"

미하일은 '그 일을 맡으세요.'라는 듯이 고개를 끄덕였다. 세
몬은 미하일의 뜻대로 1년을 신어도 상하지 않을 구두를 만들
기로 했다. 신사는 젊은이를 불러 왼쪽 신을 벗기게 하고 다리
를 쭉 폈다.

"발 치수를 재라!"

세몬은 10베르쇼크(1베르쇼크 약 4.5cm)가량 되는 종이를 잘
라 바닥에 깔았다. 그리고 무릎을 꿇고 신사의 양말에 때가 묻
지 않도록 앞치마에 손을 깨끗이 닦은 다음 치수를 재기 시작했
다. 세몬은 발바닥을 재고 이어 발등을 잰 다음 종아리를 재려
고 했으나 종이가 짧아 양쪽 끝이 닿지 않았다. 신사의 장딴지
가 통나무처럼 굵었기 때문이었다.

"똑바로 해. 종아리가 꼭 끼면 안 돼."

세몬은 종이를 덧붙여서 크게 늘렸다. 신사는 가만히 앉아서
양말 속의 발가락을 꼼지락거리면서 주위를 둘러보다가 미하
일을 보더니 물었다.

"저자는 누군가?"

"저희 가게의 직공인데 솜씨가 아주 좋습니다. 저 이가 나리
의 신을 만들게 될 겁니다."

신사는 미하일에게 말했다.

"이봐, 너도 잘 들어둬. 1년은 끄떡없게 만들어야 해."

세몬도 미하일을 돌아보았는데 그는 신사의 얼굴은 보지도 않고 그의 뒤쪽 한구석만을 바라볼 뿐이었다. 마치 그 뒤쪽에서 누군가를 발견한 것처럼 살피고 있었다. 그렇게 물끄러미 응시하고 있던 미하일은 갑자기 싱긋 웃으며 환한 표정을 지었다.

"뭘 바보처럼 싱글거리는 거야? 정신 차리라고. 기한 내에 구두를 만들 수 있도록 말이야."

"네, 기한 내에 만들어 놓겠습니다."

미하일은 그렇게 대답했다.

"좋아, 그렇게 해."

신사는 장화를 다시 신고 외투를 걸친 후 출구 쪽으로 걸어갔다. 그러나 들어올 때처럼 몸을 숙여야 한다는 사실을 깜빡 잊고 걸어가다가 문틀에 머리를 쾅 부딪히고 말았다. 신사는 욕설을 퍼붓더니 이마를 문지르며 밖으로 나갔다. 신사가 마차를 타고 떠나자 세몬이 말했다.

"정말 굉장한 사람이네. 저 정도면 몽둥이로 후려쳐도 안 죽겠어. 방이 흔들릴 만큼 세게 부딪쳤는데도 아픈 기색 하나 없잖아."

그러자 마트료나가 말했다.

"저렇게 부유하게 사는데 체격이 안 좋을 수가 있겠어요? 저렇게 건장한 사람이라면 저승사자도 못 잡아갈 거예요."

7

세몬이 마하일에게 말했다.

"일단 주문을 받긴 했지만 무슨 일이 생길지 정말 걱정이야. 비싼 가죽에다가 손님 성격까지 보통이 아니니 실수라도 하면 큰일인데. 미하일, 자네는 눈도 밝고 솜씨도 좋으니까 가죽을 재단하게. 나는 겉가죽을 꿰맬게."

미하일은 세몬의 말대로 신사가 가져온 가죽을 탁자 위에 펼쳐놓고 가위로 재단하기 시작했다. 그런데 그 모습을 보던 마트료나는 깜짝 놀라고 말았다. 마트료나도 구두를 어떻게 만드는지 잘 알고 있는 사람인데, 미하일은 주문받은 장화 모양과는 다르게 가죽을 둥글게 자르는 것이 아닌가. 마트료나는 한마디 할까 하다가 그만두었다.

'내가 그 손님이 어떻게 장화를 만들라고 했는지 제대로 못 들었겠지. 미하일이 나보다 잘 알 테니까 괜히 참견하지 말자.'

재단을 끝낸 미하일은 이제 가죽을 꿰매기 시작했다. 그런데 장화를 만들 때처럼 두 겹 실을 쓰는 게 아니라 슬리퍼를 만들 때나 쓰는 한 겹 실이었다. 그것을 보고 마트료나는 또 한번 크게 놀랐으나 역시 아무 말도 하지 않았다. 미하일은 열심히만 꿰매고 있었다.

점심때쯤, 작업이 궁금해진 세몬은 자리에서 일어나 미하일에게 가 보고 깜짝 놀라고 말았다. 그는 가죽으로 장화가 아닌 슬리퍼를 만들고 있었던 것이다. 세몬은 너무 당황해서 말도 나오지 않았다.

'큰일 났네. 1년 동안 단 한 번도 실수한 적이 없었던 미하일이 하필 이렇게 중요할 때 엄청난 실수를 하다니. 분명히 손님은 굽이 있는 장화를 주문했는데 미하일은 슬리퍼를 만들어 버렸네. 이제 가죽은 다 버렸어. 그 나리에게 뭐라고 설명하지, 이런 가죽은 구할 수도 없을 텐데.'

세몬은 한숨을 쉬며 미하일에게 큰소리로 말했다.

"여보게, 이게 무슨 짓인가? 자네 나를 죽일 작정인가? 손님은 분명 장화를 주문했는데 도대체 뭘 만들어 놓은 건가?"

얼굴이 파랗게 질린 세몬이 미하일을 나무라고 있을 때 현관 문고리가 덜그럭거리더니 누군가가 문을 두드렸다. 문을 열고 보니 아까 그 신사와 함께 왔던 젊은 하인이 문 앞에 서 있었다.

"안녕하십니까?"

"안녕하시오, 그런데 무슨 일로?"

"구두 때문에 주인마님의 심부름을 왔지요."

"구두요?"

"구둔지 장환지 이제는 필요 없게 되었습니다. 나리가 갑자기 돌아가셨어요."

"아니, 뭐라고요!"

"이곳을 나와 댁으로 가시는 도중에 마차에서 돌아가셨습니다. 마차가 집에 도착하여 내리는 걸 도와드리려고 보니 나리 몸이 굳어 있지 않겠습니까? 마차에서 가까스로 끌어 내렸지요. 그래서 주인마님께서 저를 이리로 되돌려 보내면서 방금 나리가 주문하셨던 장화는 이제 필요 없으니 그 가죽으로 죽은 사람에게 신기는 슬리퍼를 만들어 오라고 말씀하셨습니다. 그래서 이렇게 왔습니다."

미하일은 탁자 위에서 남은 가죽을 챙기고 다 된 슬리퍼를 툭툭 털어 앞치마로 잘 닦아 하인에게 건네주었다. 하인은 슬리퍼를 받고 돌아갔다.

"안녕히 계십시오."

8

미하일이 세몬의 집에 온 지도 벌써 6년이 되었다. 하지만 미하일은 여전히 처음이나 마찬가지로 늘 같은 자리에서 일을 했으며, 쓸데없는 말을 하는 적도 없었다. 그동안 그가 웃었던 적은 단 두 번 있었다. 마트료나가 저녁 식사를 대접해 주었을 때 한 번, 그리고 장화를 주문하러 왔던 신사를 보았을 때 또 한 번.

세몬은 이 제자를 무척 좋아했다. 이제는 더 이상 어디서 왔는지 묻지 않았으며, 오히려 어딘가로 떠나 버리면 어쩌나 하는 걱정뿐이었다.

어느 날, 온 식구가 한자리에 모여 있을 때였다. 마트료나는 화덕에 냄비를 올리는 중이었고, 아이들은 의자 사이를 뛰어다니거나 창밖을 내다보며 놀고 있었다. 세몬은 창가에 앉아 가죽을 꿰매고 있었고, 미하일은 다른 창가에서 구두 뒤축을 다는 중이었다. 그때 사내아이가 미하일에게 다가와서 그의 어깨를 흔들며 창밖을 가리켰다.

"미하일 아저씨, 저길 좀 보세요. 어떤 아줌마가 여자아이 둘을 데리고 우리 집으로 오고 있어요. 그런데 아이 하나는 절름발이 같네요?"

사내아이의 말에 미하일은 하던 일을 멈추고 창밖을 유심히 내다보았다. 세몬은 놀랄 수밖에 없었다. 이제껏 바깥을 내다보는 일이라곤 없던 사람이 오늘따라 창문에 얼굴을 들이대다시피 하고 뭔가를 정신없이 바라보고 있었기 때문이었다.

세몬도 창밖을 내다보았다. 아주 깨끗하게 차려 입은 젊은 부인이 모피 외투를 입고 두툼한 목도리를 한 여자아이 둘의 손을 잡고 자기 집을 향해 오고 있었다. 여자아이들은 얼굴이 서로 닮아서 누가 누군지 모를 지경이었다. 다만 한 아이는 다리를 약간 절룩거리는 듯이 보였다.

부인은 현관 계단을 올라와 문을 열더니 먼저 여자아이 둘을 안으로 들여보내고 자기도 따라 들어왔다.

"안녕하세요!"

"어서 오세요. 무슨 볼일이신지요?"

부인은 탁자 옆에 앉았다. 두 여자아이는 사람을 낯설어하는 듯 그녀의 무릎에 바짝 달라붙어 있었다.

"아이들에게 봄에 신길 구두를 맞춰 주려고요."

"그러세요? 우리는 아직까지 그렇게 작은 구두를 만들어 본적은 없지만 할 수는 있습니다. 가장자리에 장식을 넣을 수도 있고, 신발 안에 천을 댈 수도 있는데 어떤 게 좋을까요? 여기, 미하일의 솜씨가 아주 좋답니다."

그런데 세몬이 미하일을 돌아다보니 그는 우두커니 앉아서 두 여자아이의 얼굴을 뚫어져라 쳐다보고만 있었다. 그 모습이 세몬을 또다시 놀라게 했다. 하긴 두 아이 모두 드물게 예쁘기는 했다. 그 아이들의 눈동자는 새까맣고 두 볼은 포동포동하고 발그스름했으며, 모피 외투에 비싼 목도리를 두르고 있었다. 그렇더라도 미하일이 무엇 때문에 저렇게 열심히 아이들을 바라보고 있는지 세몬은 이해할 수 없었다. 미하일은 마치 그 아이들을 예전부터 잘 알고 있는 것 같았다.

세몬은 이상한 생각이 들었지만 돌아서서 부인과 흥정을 계속했다. 곧 값이 정해졌고 이제 아이들의 발 치수를 잴 차례가 되었다. 부인은 다리가 불편한 아이를 무릎에 앉혔다.

"수고스럽겠지만 이 아이의 치수는 두 가지로 재 주세요. 불편한 발을 먼저 재서 한 짝을 만들고, 다른 쪽의 발 치수를 재서 똑같이 세 짝을 만들면 됩니다. 두 아이의 치수가 같거든요. 이 아이들은 쌍둥이랍니다."

세몬은 치수를 재고 나서 다리가 불편한 아이를 가리키며 물었다.

"어쩌다가 이렇게 되었습니까? 이렇게 귀여운 아이가… 날 때부터 그랬나요?"

"아니에요, 그 애 어머니가 잘못하는 바람에…."

그때 마트료나가 끼어들면서 물었다.

"그럼 부인은 이 애들 엄마가 아니신가요?"

"나는 엄마도 아니고 친척도 아니에요. 남남이지만 수양딸 삼아 기르고 있어요."

"그런데도 이렇게 많이 귀여워하시네요."

"직접 낳은 아이가 아니더라도 키우다 보면 정이 들게 마련 이지요. 두 아이 다 제 젖으로 키웠답니다. 제 아이도 있었지만 하느님께서 데려가셨지요. 그런데 죽은 내 아이보다 이 아이들 이 가엾어서 견딜 수가 없었어요."

"그럼 이 아이들은 대체 어느 댁 따님들인가요?"

9

부인은 다음과 같은 이야기를 들려주었다.

"벌써 6년 전의 일이네요. 이 두 아이는 태어난 지 일주일도 못 되어 고아가 되어 버렸습니다. 아버지는 아이들이 태어나기 사흘 전에, 어머니는 아이들을 낳은 후 죽었지요. 이 아이들의 부모와 우리 내외는 이웃에 살면서 농사를 지었는데 서로 가깝게 지냈어요. 어느 날 이 애들 아버지가 혼자 숲 속에서 일을 하다가 쓰러지는 큰 나무에 깔려 버리고 말았어요. 가까스로 집으로 데려왔지만 곧 저 세상으로 가고 말았답니다. 그리고 며칠 있다가 그의 아내가 쌍둥이를 낳았어요. 바로 이 아이들이죠. 헌데 몹시도 가난한 데다 돌봐줄 친척도 없다 보니 혼자서 아기를 낳다가 죽었답니다. 다음날 아침에 제가 뒷문으로 그 집에 들어가 보니 가엾게도 애들 엄마는 이미 이 세상 사람이 아니었어요. 엎친 데 덮친 격으로 애 엄마가 숨을 거두는 순간 바로 이 아이 위로 쓰러지는 바람에 다리 한쪽을 못 쓰게 되고 말았죠.

마을 사람들이 시체를 씻기고 수의를 입히고 관을 짜서 장례를 치렀습니다. 친절한 사람들이었지요. 그래서 갓난아이 둘만 남았는데 정말 야단이지 뭡니까. 거기 모인 여자 중에 젖먹이를 가진 사람은 저뿐이었어요. 그때 저는 낳은 지 겨우 8주밖에 안 된 아들이 있었거든요. 그래서 제가 임시로 두 아이를 맡기로 했습니다. 그 후 마을 사람들이 모여 이 아기들을 어떻게 해야 하는가 하고 여러 가지로 의논한 끝에 이렇게 부탁하더군요.

'마리아 아주머니가 이 아기들을 한동안만 맡아 주지 않겠어요? 조금만 돌보아 주면 우리가 곧 다른 방법을 찾을 테니까요.'

처음에 저는 온전한 아이에게만 젖을 물렸어요. 다리를 눌렸던 아이에게는 아예 젖을 줄 생각도 안 했지요. 왜냐하면 도저히 살지 못할 거라고 생각했기 때문이었어요. 그러다가 어느 날 갑자기 이 아이가 어떻게나 측은한지 그 뒤부터는 똑같이 젖을 물리기 시작했지요. 그렇게 내 아이와 두 여자아이, 모두 세 아이에게 동시에 젖을 먹여 키웠어요. 그때는 제가 젊고 기운도 있고 먹성도 좋았으니까 가능한 일이었죠. 두 아이에게 젖을 물리다가 한 아이의 배가 차면 다음 애에게 젖을 주면서 키웠답니다.

하느님의 돌보심으로 이 두 아이는 무럭무럭 자랐습니다만 애석하게도 제가 낳은 아이는 두 살 되던 해에 그분께서 데려가고 말았지요. 지금은 마을 상인들 소유의 물방앗간 일을 맡아보고 있는데 수입이 좋아 살아가는 데는 아무런 걱정이 없답니다. 다만 제가 낳은 아이가 없을 뿐이죠. 정말 이 아이들이 없었다면 혼자 쓸쓸해서 어떻게 살았을까 싶네요. 그러니 제가 이 아이들을 귀여워하는 건 너무나 당연하지요. 이 아이들은 제게 촛불과도 같은 존재랍니다."

부인은 한 손으로 다리가 불편한 아이를 당겨 안으면서 다른 한 손으론 뺨을 타고 흘러내리는 눈물을 닦아 냈다. 마트료나가 길게 한숨을 내쉬며 말했다.

"부모 없이는 살 수 있어도 하느님 없이는 살 수 없다더니 과연 그 말이 옳은 것 같군요."

세 사람이 이런 말들을 주거니 받거니 하고 있을 때, 갑자기 미하일이 앉아 있는 구석에서 섬광이 비치더니 방 안이 환하게 밝아졌다. 그는 두 손을 무릎에 얹고 하늘을 올려다보며 빙그레 웃고 있었다.

10

부인이 아이들을 데리고 돌아가자 미하일은 의자에서 일어나 일감을 탁자 위에 올려놓고는 앞치마를 벗더니 주인 내외에게 공손히 절을 하면서 말했다.

"용서하십시오. 이제 작별을 해야겠습니다. 하느님께서 저를 용서해 주셨으니 두 분께서도 부디 저를 용서해 주십시오."

주인 내외는 미하일의 몸에서 빛이 나는 것을 보았다. 세몬도 일어나 마하일에게 고개를 숙이며 말했다.

"미하일, 나도 자네가 보통 인간이 아니라는 걸 짐작은 하고 있었네. 이제 더 이상 자네를 붙잡을 수도, 이것저것 캐물을 수도 없을 것 같네. 하지만 이것 한 가지만은 알려 줄 수 있겠나? 내가 처음 자네를 만나 집으로 데리고 왔을 때 자네는 몹시 어두운 얼굴을 하고 있었네. 그러다가 집사람이 저녁을 대접하자 자네는 싱긋 웃으며 갑자기 표정이 밝아졌지. 그건 어찌된 영문 인가? 또한 어느 신사분이 장화를 맞추러 온 적이 있었지. 그때 도 자넨 싱긋 웃으며 밝은 표정을 지었고, 아까 그 부인이 아이 들을 데리고 왔을 때도 자네는 또 빙그레 웃었지. 자네 몸에서 빛이 나는 것도 보았다네. 미하일, 어째서 자네 몸에서 빛이 나 는지, 그리고 왜 세 번을 웃었는지 그 이유를 물어도 되겠나?"

미하일이 대답했다.

"제 몸에서 빛이 나는 건 지금까지 받아 오던 하느님의 벌이 끝나고 용서를 받았기 때문입니다. 그리고 제가 세 번 웃었던 것은 하느님께서 제게 내리신 세 가지 말씀의 뜻을 알게 되었기 때문입니다. 첫 번째 말씀의 뜻은 아주머니께서 저를 가엽게 여 겨 주셨을 때 깨달았지요. 두 번째 말씀은 부자 나리가 장화를 주문했을 때에 깨달았으며, 오늘 두 여자아이를 보았을 때 마지 막 세 번째 말씀의 뜻을 알게 되어 웃었던 것입니다."

세몬이 다시 물었다.

"미하일, 무슨 이유로 하느님이 자네에게 벌을 내리셨는가? 그리고 그 세 가지 말씀이란 대체 무엇인가?"

미하일이 대답했다.

"제가 벌을 받은 것은 하나님의 명령을 거역했기 때문입니 다. 저는 본래 천사였는데 어느 날 하느님은 제게 한 여인의 영혼을 빼앗아 오라고 명령하셨습니다. 제가 지상에 내려와 그 여인을 보니 몹시 쇠약한 몸으로 누워 있었습니다. 쌍둥이 딸을 낳았던 것입니다. 갓난아기들은 어머니 곁에서 꼼지락거리고 있는데 어머니는 아기들에게 젖을 먹일 기운조차 없어 보였습니다. 여인은 제 모습을 발견하자 하느님이 부르러 보내신 줄 짐작하고 매우 슬프게 흐느끼며 말했습니다.

'오, 천사님! 제 남편은 숲 속에서 혼자 일하다가 나무에 깔려 며칠 전에 죽었습니다. 저는 형제자매도 없고, 큰어머니도, 작은어머니도, 할머니도 없기 때문에 이 갓난애들을 거두어 줄 사람이 없습니다. 제발 제 영혼을 가져가지 말고 이 아이들을 내 손으로 키우게 해 주세요! 어린아이는 부모 없이는 살지 못합니다.'

저는 그녀가 애원하는 말을 듣고 아이 하나를 안아 젖꼭지를 물려주고, 다른 한 아이를 어머니의 팔에 안겨 준 다음 하늘나라로 돌아갔습니다. 그리고 하느님께 말씀드렸습니다.

'저는 여인의 영혼은 거두어 오지 못했습니다. 여인의 남편은 나무에 깔려 죽었고, 여인은 방금 쌍둥이를 낳았기에 저를 보고 울면서 애원했습니다. 제발 자기 손으로 아이들을 키우게 해 달라면서 어린아이는 부모 없이는 살지 못한다는 것이었습니다. 저는 차마 그 여인의 영혼을 빼앗아 올 수 없었습니다.'

그러자 하느님께서 다시 분부하셨습니다.

'지금 다시 지상으로 내려가 여인의 영혼을 거두어라. 그러면 세 가지 말의 뜻을 알게 될 것이다. 인간의 내부에는 무엇이 있는가, 인간에게 허락되지 않는 것은 무엇인가, 사람은 무엇으로 사는가. 이 세 가지를 알게 되는 날 너는 다시 하늘나라로 돌아올 수 있으리라.'

그래서 저는 다시 지상으로 내려와 그 산모의 영혼을 데려갔습니다. 두 아이는 어머니의 품에서 떨어져 있었으나 영혼이 떠나는 순간 여인의 시신이 침대 위로 쓰러지면서 한 아이를 덮쳐 한쪽 다리를 못 쓰게 되었습니다. 저는 여인의 영혼을 하느님께 바치기 위해 다시 하늘로 날아올라 갔습니다만 갑자기 거센 바람이 몰아치면서 제 두 날개가 부러지고 말았습니다. 그래서 그 여인의 영혼만 하늘나라로 올라가고 저는 지상으로 떨어졌던 것입니다."

11

세몬과 마트료나는 자기들이 먹이고 입혀 주었던 사람이 누구인지, 자기들과 함께 살고 함께 일해 온 사람이 누구인지를 깨닫고 두려움과 기쁨으로 눈물을 흘렸다.

천사는 다시 입을 열었다.

"저는 벌거벗은 채 홀로 들판에 버려졌습니다. 그때까지 저는 인간 생활의 괴로움도 알지 못했고, 추위나 굶주림도 모른 채 갑자기 인간이 되어 버린 것입니다. 배가 몹시 고팠고 몸은 얼어붙는데 전 무엇을 어떻게 해야 할지 몰랐습니다. 그때 문득 들판 한 가운데에 하느님을 섬기는 교회가 보였습니다. 저기에 몸을 의지하면 되겠다 싶어 그곳으로 다가갔습니다. 그러나 교회 문이 닫혀 있어 들어갈 수는 없었습니다. 그래서 바람이나 피하려고 교회 뒤쪽에 웅크리고 앉아 있었지요. 날이 저물자 허기는 더욱 심해졌고 몸은 꽁꽁 얼어붙어 금방이라도 죽을 것만 같았습니다. 그때 어떤 사람이 한손에 장화를 들고 길을 걸어오면서 혼자 중얼거리는 소리를 들을 수 있었습니다.

저는 인간이 되어서 맨 처음으로 언젠가는 반드시 죽을 운명을 타고난 인간의 얼굴을 보게 되었습니다. 그 얼굴을 쳐다보기가 두려워 저는 고개를 돌려 버렸습니다. 그런데 가만히 들어보니 그 사나이는 어떻게 이 추운 겨울을 날 것인가, 어떻게 처자식을 먹여 살릴 것인가를 걱정하고 있었습니다. 그때 이런 생각이 들었습니다.

'나는 추위와 배고픔으로 거의 죽어가고 있다. 마침 저기 사람이 오고 있지만 그는 그저 자기 아내의 모피 외투를 마련할 일이며, 식구들 먹여 살릴 일 때문에 걱정이 태산 같은 사람이니 나를 도와줄 여력이 있을 리가 없겠구나.'

그 사람은 저를 발견했지만 이마를 찡그리더니 더욱 무서운 모습으로 내 옆을 그대로 지나가 버렸지요. 실낱같은 희망마저 사라져 버리는 듯했습니다. 그런데 갑자기 사나이가 되돌아오는 발소리가 들렸습니다. 다시 돌아온 그의 얼굴을 본 순간 저는 조금 전에 지나간 그 사람이 아니라고 생각했습니다. 왜냐하면 아까 지나치던 그 사람의 얼굴에는 죽음의 기운이 서려 있었지만, 다시 돌아온 그의 얼굴엔 생기가 돌았고, 하느님의 그림

자가 어리어 있었거든요. 그는 제게로 다가와서 자기가 입고 있던 옷을 벗어서 입혀 주고 저를 자기 집으로 데리고 갔습니다.

집에 당도하자 한 여인이 뛰어나와 잔소리를 늘어놓기 시작했습니다. 그 여인은 사나이보다 훨씬 더 무서운 얼굴로 서 있었습니다. 그녀의 입에서 뿜어져 나오는 죽음의 독기 때문에 저는 숨을 쉴 수도 없었습니다. 여인은 저를 밖으로 내쫓으려 했습니다. 그때 만약 그녀가 저를 밖으로 내쫓았다면 여인은 그 자리에서 죽을 수밖에 없으리란 사실을 알고 있었습니다. 그때 여인의 남편이 문득 하느님을 상기시키니 여인의 기세가 누그러지면서 태도가 부드러워졌습니다. 여인은 제게 저녁밥을 권하면서 제 얼굴을 흘끗 쳐다보았습니다. 그때 그 얼굴에는 죽음의 그림자가 이미 자취도 없이 사라지고 생기가 넘쳐 있었습니다. 저는 거기서 하느님의 얼굴을 발견한 것입니다. 그때 깨달았습니다. '인간 안에 무엇이 있는지를 알게 될 것이다'라고 하신 하느님의 첫 번째 말씀의 뜻을요. 그것은 사랑이었습니다. 하느님께서 제게 약속하신 일을 이렇게 보여 주시는구나, 하고 생각하니 저는 더할 수 없이 기뻤습니다. 그래서 처음으로 싱긋 웃었던 것입니다. 그렇지만 하느님의 말씀 전부를 알게 된 것은 아니었습니다. 인간에게 허락되지 않은 것은 무엇인가, 그리고 사람은 무엇으로 사는가에 대한 해답을 저는 아직 구하지 못하고 있었습니다.

그날부터 두 분과 함께 지내기 시작해서 1년이란 세월이 흘렀습니다. 그러던 어느 날 한 사나이가 찾아와서 1년을 신어도 모양이 망가지거나 실밥이 터지지 않는 장화를 주문했습니다. 저는 그 사나이를 자세히 바라보았습니다. 그러다가 저는 그의 등 뒤에 제 동료인 죽음의 천사가 서 있는 걸 보았습니다. 저 말고는 아무도 그 천사를 보지 못하지만 저는 알고 있었죠. 그리고 사나이의 영혼은 해가 지기 전에 그의 몸을 떠나게 되리라는 사실도 알고 있었습니다. 저는 생각했습니다. '이 사나이는 1년을 신어도 그대로인 신발을 원하지만 자신이 오늘 중으로 죽을 거라는 사실은 모르는구나.' 그때서야 저는 '인간에게 허락되지 않은 것은 무엇인가?'라는 하느님의 두 번째 말씀을 생각해 냈습니다.

저는 이제 '인간 내부에 무엇이 있는가'는 이미 알게 되었고, '인간에게 허락되지 않는 것은 무엇인가' 또한 깨달았습니다. 그것은 인간 자신에게 진정 필요한 것은 무엇인지를 아는 지혜였습니다. 동료 천사를 만난 일도 기뻤지만, 무엇보다도 두 번째 말씀의 뜻을 깨닫게 된 것이 기뻐서 저는 다시 싱긋 웃었던 것입니다. 하지만 아직 한 가지가 남았습니다. '사람은 무엇으로 사는가?'를 깨닫지 못한 것입니다. 그래서 저는 계속 두 분의 신세를 지면서 하느님께서 마지막 말씀의 의미를 깨닫게 해주시기를 기다리고 있었습니다. 그런데 6년째 되던 오늘 쌍둥이 여자아이를 보는 순간, 어머니가 없더라도 쌍둥이들이 잘 살아가고 있다는 것을 비로소 알았습니다.

저는 생각했습니다. 어머니가 갓난아이들을 생각해서 살려달라고 애원했을 때, 나는 그 여인의 말대로 아이들은 부모가 없이는 살아갈 수 없다고 생각했지만 타인이 엄연히 쌍둥이를 잘 키우고 있지 않은가? 또한 저는 그 부인이 타인의 아이를 위해 감동의 눈물을 흘리는 모습을 보고 거기서 살아 계신 하느님의 그림자를 발견할 수 있었습니다. 이로서 저는 '사람은 무엇으로 사는가'라는 말씀도 깨닫게 되었습니다. 하느님께서는 마지막 깨달음을 줌으로써 마침내 저를 용서하실 것을 알고 너무 기쁜 나머지 세 번째로 웃었던 것입니다."

12

이윽고 천사의 모습이 드러났는데, 전신이 눈부신 빛으로 둘러싸여서 똑바로 쳐다볼 수 없을 정도였다. 천사가 커다란 음성으로 말하기 시작했다. 그것은 천사 스스로 말하는 것이 아니라 하늘에서 울려오는 소리 같았다.

"나는 이와 같은 일을 깨달았다. 모든 인간은 스스로를 돌보는 마음으로 살아가는 것이 아니라 사랑으로 살아가는 것이다. 어머니는 자신의 아이들이 살아가는 데 무엇이 필요한지 알지 못했다. 부자 또한 자기에게 무엇이 필요한지 알지 못했다. 어떤 인간도 자기에게 필요한 것이 살아서 신을 장화인지, 죽은 뒤 신을 슬리퍼인지 아는 것이 허락되지 않는다.

내가 인간이 되었을 때 무사히 살아갈 수 있었던 것은 내 자

신의 일을 여러 가지로 걱정하고 염려했기 때문이 아니라 지나
가던 한 사람과 그 아내에게 사랑이 있어 나를 가엾게 여기고
사랑해 주었기 때문이다. 또한 두 고아들이 잘 자라 온 것도 많
은 사람들이 걱정하고 염려해 준 덕분이 아니라 한 여인이 아이
들을 불쌍히 여기고 사랑을 베풀어 주었기 때문이다. 모든 인간
이 살아가고 있는 것은 각자 자신의 일을 염려하기 때문이 아니
라 그들 안에 사랑이 있기 때문이다.

　나는 일찍이 하느님께서 인간에게 생명을 부여하고 그들이
잘 살아가기를 바라고 있다는 것을 알고 있었지만, 지금 나는
또 다른 한 가지를 깨달았다. 하느님께서는 인간이 각자 흩어져
서로 무관하게 살아가는 것을 원치 않으신다는 것이다. 바로 그
렇기 때문에 하느님께서는 인간 각자에게 무엇이 필요한가를
가르쳐 주지 않으신 것이다. 하느님은 인간들이 하나가 되어 살
아가기를 원하시며, 그래서 자신과 모든 인간을 위해 진정으로
필요한 것이 무엇인지를 깨닫게 만들어 주신 것이다. 각자 자신
의 앞가림할 걱정만으로 살아갈 수 있다고 생각하지만 그것은
인간들의 착각일 뿐, 진실은 인간이란 오직 사랑에 의해서만 살
아간다는 것이다. 사랑이 가득한 자는 하느님의 나라에 살고 있
는 것이며, 하느님은 그 사람 안에 계신다. 왜냐하면 하느님은
사랑이시기 때문이다."

　이어서 천사는 하느님께 찬양을 드렸다. 그 웅장한 목소리에

온 집안이 울리는 듯했다. 그러더니 천장이 갈라지면서 땅에서 하늘까지 불기둥이 솟았다. 세몬과 그의 아내, 아이들은 모두 땅바닥에 엎드렸다. 마하일의 등에서 날개가 돋아나더니 활짝 펼쳐졌다. 천사는 하늘로 올라갔다.

세몬이 정신을 차렸을 때, 집은 전과 다름없이 그대로였고, 방 안에 그의 가족 외에는 아무도 없었다.

사랑이 있는 곳에 신이 있다

어느 작은 도시에 마르틴 아브제이치라는 구두장이가 살고 있었다. 그의 방은 반지하였는데 창문도 하나밖에 없었고, 그나마도 거의 가려져 있었기 때문에 사람들이 지나다녀도 다리밖에 보이지 않았다. 하지만 마르틴은 구두만 보고도 누구인지 금세 알 수 있었다.

마르틴은 오랫동안 그곳에서 살았기에 아는 사람이 많았다. 사실 이 거리에서 그의 손을 거치지 않은 구두가 없을 정도였다. 그는 사람들의 구두 밑창을 갈거나, 터진 곳을 꿰매거나, 통째로 가죽을 갈아 주기도 했기에 자신이 손본 신발을 창밖으로 쉽게 알아볼 수 있었다.

그는 워낙 성실했고 재료도 좋은 것만 썼으며 품삯도 적당했기에 일감이 많았다. 게다가 약속된 날짜를 잘 지켰으며, 혹시 지키지 못할 것 같으면 아예 처음부터 주문을 받질 않거나 처음부터 솔직하게 손님에게 말했다. 이러한 마르틴의 성품을 모두가 잘 알고 있었기 때문에 일감이 떨어지는 일은 없었다.

마르틴은 천성이 워낙 착한 사람이었는데 나이를 먹어가면서부터는 더욱 자신의 영적 생활에 정성을 쏟고 더욱 신에게로 가까이 가고 있었다.

오래전 마르틴이 구두 수선 일을 배울 무렵, 마르틴의 아내가 세상을 떠났다. 먼저 난 자식들도 모두 일찍 죽어 버렸다. 그에게 남은 건 세 살짜리 아들 하나뿐이었다. 마르틴은 그때 어린 아들 카피토슈카를 시골에 사는 누님에게 맡길까 하다가 가엾은 생각이 들어서 자신이 직접 키우기로 했다.

마르틴은 주인집에서 독립해 셋방에서 아이와 단둘이 살았다. 그러나 어린 아들이 아버지의 잔심부름을 할 정도로 자라 한시름 놓았을 무렵 갑자기 병으로 앓아눕더니 고열로 일주일을 고생하다가 세상을 떠나고 말았다.

마르틴은 아들의 장례를 치른 후 깊은 실의에 빠져 버렸다. 그는 너무 슬퍼서 차라리 자기를 죽게 해 달라고 하느님께 빈적도 여러 번이었다. 왜 늙은 자기를 놔두고 어리고 귀여운 아들을 먼저 데려갔느냐고 하느님을 원망하기도 했다. 그러다가 나중에는 교회도 나가지 않게 되었다.

그러던 어느 날, 고향 트로이차에서 함께 살았던 노인이 마르틴을 찾아왔다. 그는 8년째 성지 순례 중이었다. 마르틴은 이 노인과 세상 돌아가는 이야기를 하다가 신세 한탄을 늘어놓기 시작했다.

"난 이제 사는 게 싫어졌어요. 하느님께 그저 나를 데려가라고 빌 뿐이야. 이제 아무런 희망도 기대도 없는 인간이 되어 버렸으니…."

그러자 노인이 말했다.

"마르틴, 그건 자네가 잘못 생각하는 거야. 우리는 하느님이 하시는 일에 대해 옳다 그르다 판단할 수는 없어. 모든 일은 인간의 지혜나 생각이 아니라 하느님의 뜻으로 결정되는 거야. 자네 아들이 죽고 자네는 살아야 한다는 것이 하느님의 뜻이네. 그것을 절망으로 생각하는 것은 자네 자신의 안위와 기쁨만을 생각하기 때문이야."

"그게 아니라면 사람은 무엇을 위해 산다는 거지요?"

마르틴의 질문에 노인은 이렇게 대답했다.

"하느님을 위해서 살아야 하네. 하느님이 주신 목숨이니 하느님을 위해 살아야 하는 게 당연하지 않겠나? 그러면 아무런 걱정도 없고 마음도 편안해질 것이네."

잠시 생각하던 마르틴이 다시 물었다.

"그럼 어떻게 해야 하느님을 위해 사는 겁니까?"

노인이 말했다.

"어찌 해야 하느님을 위해 사는 것인지는 이미 그리스도께서 가르쳐주셨지. 자네 글 읽을 줄 알면 성경을 사서 읽어 보게. 읽다 보면 하느님을 위해 산다는 게 무엇인지 알게 될 거야. 거기에 다 적혀 있으니까."

노인의 말이 마르틴을 움직였다. 그는 그날 바로 큰 글씨로 인쇄된 신약성서를 사서 읽기 시작했다. 처음에는 일요일이나 특별한 축제일에만 읽을 생각이었으나 한번 읽기 시작하니 마음이 편안해져서 매일 읽지 않을 수 없었다. 너무 열중한 나머지 램프의 기름이 떨어진 것도 모를 때가 있을 정도였다. 이렇게 마르틴은 일을 끝내고 나면 저녁마다 성경을 읽게 되었고, 읽으면 읽을수록 하느님이 자신에게 무엇을 바라시는지, 하느님을 위해서 어떻게 살아야 하는지를 분명히 알게 되자 마음도 점점 가벼워졌다. 이전에는 잠자리에 누워서도 한숨만 쉬면서 어린 아들 생각에 끝없이 괴로울 뿐이었지만 이제는 "하느님, 감사합니다. 모든 일을 당신의 뜻에 맡기오니 저를 붙들어 주시옵소서!"라고 기도할 뿐이었다.

마르틴의 생활도 놀라울 정도로 달라졌다. 예전에는 축제일이 오면 이리저리 돌아다니며 차를 마시거나 술집에 들러 보드카를 마셨다. 그리고 취하지도 않았는데 길거리를 돌아다니며 아무 말이나 지껄여 댔고, 화를 못 참아 큰소리를 지르기도 했었다. 하지만 마르틴은 더 이상 그렇게 살지 않았다. 하루하루가 평온하고 즐거웠다. 아침부터 열심히 정해 놓은 시간까지 일을 했으며, 일이 끝나면 탁자 위에 램프를 올려놓고 벽장에서 성경책을 꺼내 읽었다. 성경은 읽으면 읽을수록 더 많은 것을 깨닫게 해 주었고, 그런 만큼 마음은 더욱더 밝고 평안해졌다.

한번은 밤늦게까지 열심히 성경을 읽고 있었는데 마침 누가복음 6장에 이런 글이 적혀 있었다.

'누가 네 뺨을 치거든, 다른 뺨마저 돌려 대 주어라. 네 겉옷을 빼앗는 자에게 속옷도 내어 주어라. 달라는 사람에겐 주고 네 것을 가져간 사람에게는 되받으려고 하지 말라. 너희가 남에게 대접받고자 하는 대로 너희도 남을 대접하라.'

그는 다음 구절도 계속 읽어 내려갔다.

'너희는 나를 불러 주여, 주여 하면서도 어찌하여 내가 말하는 것을 행하지 아니하느냐. 내게 와서 내 말을 듣고 행하는 자는 어떤 자인지 너희에게 보여주리라. 그는 집을 짓되 깊이 파고 주춧돌을 반석 위에 놓은 사람과 같으니, 홍수가 나서 물이 들이닥쳐도 조금도 흔들림이 없을 것이다. 그러나 내 말을 듣고도 행하지 않는 자는 주춧돌 없이 모래 위에 집을 짓는 것과 같으니 홍수가 나면 그 집은 곧 무너져 내리고 말 것이다.'

이 구절을 읽은 마르틴은 안경을 벗어 책 위에 내려놓고 탁자에 팔꿈치를 괸 채 곰곰이 생각해 보았다. 그리고 지금까지 살아온 자신의 삶과 방금 읽었던 성경의 말씀을 비교해 보았다.

'내 집은 반석 위에 세워졌는가 아니면 모래 위에 세워졌는가? 반석 위에 서 있다면 좋을 텐데. 그러면 욕심 없는 마음으로 어떠한 일도 하느님의 명령에 순종하며 살 수 있을 텐데. 하지만 방심하면 죄를 짓게 되겠지. 열심히 살아야 돼. 하느님, 제게 힘을 주시옵소서!'

마르틴은 여기까지 읽고 잠자리에 들려고 했으나 좀처럼 성경책을 덮을 수가 없어서 내친 김에 다음 장을 읽기 시작했다. 로마 군대의 백부장 이야기, 어느 과부의 아들을 살리신 이야기, 세례 요한이 두 제자에게 대답한 대목, 그리고 부유한 바리새인이 예수를 자기 집에 초청한 부분까지 읽었다. 또한 한 여인이 예수의 발에 향유를 붓고 입 맞추며 진심으로 눈물을 흘리니 예수께서 죄를 용서하셨다는 이야기도 읽었다.

'여자를 돌아보시며 시몬에게 말씀하시되, 이 여인을 보아라. 내가 네 집에 들어왔을 때 너는 내게 발 씻을 물도 주지 않았지만, 이 여인은 눈물로 내 발을 적시고 머리카락으로 닦아 주었다. 너는 내게 입 맞추지 않았으나 이 여인은 내가 들어올 때부터 내 발에 입을 맞추었다. 너는 내 머리에 감람유도 발라 주지 않았지만 이 여인은 내 발에 향유를 부었느니라.'

마르틴은 이 구절을 음미해 보았다.

'발 씻을 물도 주지 않았고, 입을 맞추지도 않았으며, 머리에

66

향유도 발라 주지 않았다….'

마르틴은 다시 안경을 벗고 긴 생각에 잠기었다.

'아무래도 나는 바리새인처럼 행동했던 것 같아. 여태 내 자신만을 생각하며 살았잖아. 어떤 음식을 먹는 게 좋을까, 어떤 옷을 입어야 깨끗하고 따뜻할까, 늘 이런 생각만 했지 손님 생각을 하지 않았어. 그렇다면 손님은 누구를 말하는 걸까? 아마 하느님이실 거야. 아니 분명히 하느님이시다. 그런데 만일 하느님께서 나를 찾아오시면 나는 어떻게 해야 할까?'

턱을 괴고 이런저런 생각을 하던 마르틴은 깜빡 잠이 들고 말았다.

"마르틴!"

누군가가 등 뒤에서 그를 부르는 소리가 들려왔다. 마르틴은 깜짝 놀라며 일어났다. 급하게 뒤를 돌아보았지만 아무도 없었다. 하지만 또다시 분명한 목소리가 들렸다.

"마르틴! 내가 내일 너에게 갈 것이니 창 너머 큰길을 내다보아라."

의자에서 벌떡 일어난 마르틴은 눈을 비비며 주위를 둘러보았다. 하지만 꿈인지 생시인지 도무지 갈피를 잡을 수 없었다.

다음 날 새벽, 마르틴은 일어나자마자 하느님께 기도를 드리고 난로에 불을 피워 스프와 보리죽을 끓이고 찻물을 불에 올린 다음 앞치마를 두르고 창가에 앉아 일을 시작했다. 마르틴은 일을 하면서도 어젯밤에 있었던 일이 잊히지 않았다. 성경책 읽기에 너무 열중한 나머지 착각을 일으킨 것 같다가도, 한편으로는 실제로 그 목소리를 들었다는 생각도 들었다. 이런 생각 때문에 마르틴은 일을 하면서도 수시로 창밖 큰길을 내다보곤 했다. 낯선 구두가 보이면 구두뿐만 아니라 몸을 숙여 얼굴까지 보려고 애썼다.

새로 맞춘 가죽 장화를 신은 정원지기가 지나가기도 했고, 물지게꾼도 지나갔다. 얼마 후에는 여기저기를 꿰맨 낡은 가죽 장화를 신은 니콜라이 1세 때의 늙은 병사 스체파니치도 보였다. 마르틴은 가죽 장화를 보자마자 그가 누구인지 알 수 있었다. 옆집 상인이 오갈 데 없던 스체파니치를 동정해 인정상 데리고 있었는데 주로 정원지기의 보조로 일했다. 오늘은 스체파니치가 길에 쌓인 눈을 치우는 모양이었다. 마르틴은 눈을 치우는 스체파니치를 한참 바라보다가 다시 일을 시작하면서 중얼거렸다.

"내가 늙어서 노망이 난 모양이야. 눈 치우는 스체파니치를 혹시 예수님이 아닌가 생각하다니. 정신이 아주 나갔나봐."

그러나 몇 바늘 더 꿰매지도 못하고 마르틴은 다시 창밖을 내다보고 있었다. 스체파니치는 삽을 벽에 기대 놓고 앉아서 햇볕을 쬐는 듯했다. 이제 늙어서 눈을 치울 기력도 없는 모양이었다. 마침 주전자의 물도 끓고 있으니 차라도 한 잔 줘야겠다는

생각이 들었다. 마르틴은 들고 있던 일감에 바늘을 꽂은 후 일어나서 주전자를 테이블에 올려놓고 차를 따른 다음 유리창을 톡톡 두드렸다. 그 소리를 듣고 스체파니치가 창가로 왔다. 마르틴은 들어오라고 손짓을 하면서 방문을 열어 주었다.

"추운데 들어와서 불 좀 쬐게. 몸이 다 얼었겠어."

"아이고, 고마우이. 추워서 뼛속까지 쑤시네."

스체파니치는 실내를 더럽히지 않으려고 현관 앞에 놓인 걸레로 장화의 눈을 털고 있었는데 얼마나 추운지 그 와중에도 몸을 덜덜 떨었다.

"그냥 들어와, 나중에 내가 닦을 테니. 어서 이쪽 난로 옆에 앉게나."

마르틴은 차 두 잔을 따라 하나를 그에게 건네고, 자기도 찻잔을 들어 후후 불며 마셨다. 스체파니치는 차를 다 마신 후 탁자 위에 잔을 엎어 놓고 잘 마셨다는 인사를 했다. 마르틴이 보니 차를 더 마시고 싶은 눈치였다.

"한 잔 더 하게."

마르틴은 그의 잔에 다시 차를 가득 따랐고 자신의 잔에도 채웠다. 그러면서도 마르틴은 계속 창밖을 힐끔거렸다.

"누구 기다리는 사람이라도 있소?"

"아니, 딱히 누굴 기다리는 건 아니고…. 말하기 좀 부끄러운데 사실 누군가를 기다리는 셈이기도 하고 아니기도 하고 그러네. 비몽사몽간이긴 했지만 어젯밤 들은 소리가 계속 마음에 걸려서 말이야."

"무슨 일이 있었나?"

"그러니까 엊저녁에 성경을 읽고 있었지. 예수가 여러 곳을 다니며 고생도 하고 사람들에게 가르침도 주시고 하는 이야기를 읽고 있었어. 자네도 읽은 적이 있을 거야."

"들어서 알기는 하지만 난 글을 읽을 줄 몰라."

"예수께서 바리새인의 집에 들르셨는데 바리새인이 정성을 다해 대접하지 않아 예수가 나무라시는 부분을 읽고 나는 잠시 생각에 잠겼다네. 과연 나는 어떻게 행동했을까? 바리새인과는 다르게 예수님을 제대로 대접했을까? 그런 생각을 하다가 깜박 잠이 들었는데, 갑자기 누군가 나를 부르는 소리를 들었다네. '내가 내일 너에게 갈 것이니 창 너머 큰길을 내다보아라.'라는 소리였어. 그것도 두 번이나 들렸다네. 꿈인지 생시인지 잘 모르겠지만 어쨌든 그 말이 계속 머릿속에 맴돌아서 혹시나 하는 생각에 아침부터 계속 예수님을 기다리고 있다네."

스체파니치는 마르틴의 말을 듣고 고개만 끄덕일 뿐 아무런 대꾸도 없이 차를 마저 마시고 그만 마시려는지 잔을 옆으로 치웠다. 하지만 마르틴은 그의 잔을 다시 가득 채우며 말을 이었다.

"한 잔 더 마시게. 내 생각에 예수님이 말씀을 전파하러 세상을 두루두루 다니실 때 우리처럼 가난하고 보잘것없는 사람들을 더욱 보살펴 주신 듯해. 그래서 제자도 우리처럼 죄 많은 노동자들 중에서 고르셨지. 예수님을 이런 말씀도 하셨지. 자기를 높이는 자는 낮아지고, 자신을 낮추는 자는 높아질 거라고. 또한 너희들은 나를 주님이라고 부르지만 나는 너희들의 발을 닦아 주겠다고 하셨어. 발은 종이 닦아 주는 게 아닌가. 그렇듯 누구든지 우두머리가 되고 싶은 자는 오히려 종이 되라고 말씀하신 거지. 이는 마음이 가난하고 겸손하며 인정이 많은 사람이야말로 행복하기 때문이라고 말씀하셨네."

스체파니치는 차를 마시는 것도 잊은 채 가만히 마르틴의 말을 듣다가 자신도 모르게 눈물을 흘리고 말았다.

"한 잔 더 마시고 가게."

그러나 스체파니치는 가슴에 성호를 그으며 고맙다고 말한 다음 잔을 옆으로 밀어놓았다.

"고맙네, 마르틴. 차 정말 잘 마셨네. 자네 덕분에 몸도 마음도 따뜻해졌어."

"자주 들르게. 나는 사람들이 찾아오는 게 좋아."

스체파니치가 나가자 마르틴은 남은 차를 따라 마시고 잔을 치운 다음 창가에 앉아서 다시 구두 뒤축을 손보기 시작했다. 일을 하면서도 자주 창밖을 내다보며 혹시 예수님이 나타나지 않을까 기대했고, 머릿속으로는 예수님이 하신 일과 말씀을 떠올렸다.

창밖으로 군인 두 명이 지나갔다. 한 명은 군화를, 다른 한 명은 장화를 신고 있었다. 그 뒤로 이웃집 주인이 반짝거리는 덧신을 신고 지나갔고, 이어서 빵집 주인이 바구니를 옆에 끼고 지나갔다.

조금 지나니 한 여자가 털실로 짠 긴 양말에 다른 지방에서 만든 듯한 낡은 신을 신고 마르틴의 가게 벽 쪽으로 걸어오더니 기대어 섰다. 마르틴이 창밖을 올려다보니 행색이 매우 초라했는데 그나마도 여름옷을 입고 있었고 갓난아이까지 안고 있었다. 포대기도 없는지 여자는 바람을 피해 아이를 감싸 주려고 애썼지만 아이는 추위에 울고 있었다. 그녀는 아이를 얼렀지만 울음소리는 좀처럼 그치지 않았다. 보다 못한 마르틴은 밖으로 나가 현관 계단에서 여자를 불렀다.

"아주머니! 아주머니!"

그 소리를 듣고 여자는 뒤돌아보았는데 얼굴이 몹시 여위고 창백해 보였다.

"이렇게 추운 날씨에 왜 거기서 아이를 울리고 있소? 괜찮으니 들어오시오. 방안이 따뜻하니 아이 달래기도 좋을 게요. 어서 들어오시오!"

여자는 놀란 표정을 지으며 잠시 머뭇거렸지만 아이가 보채자 마르틴을 따라 가게 안으로 들어왔다. 마르틴은 여자를 침대 쪽으로 안내했다.

"여기 난로 가까이 앉아 몸을 좀 녹이고 아이에게 젖을 줘요."

"아침부터 아무것도 먹지 못했더니 젖이 나오지 않아요."

여자는 아이에게 빈 젖을 물리며 그렇게 말했다. 마르틴은 혀를 쯧쯧 차며 주방으로 가서 따뜻한 스프를 접시에 담았다. 보리죽이 담긴 냄비를 꺼냈으나 아직 덜 끓었기에 마르틴은 스프와 빵만 식탁 위에 놓았다.

"애기 엄마, 아이는 내가 안고 있을 테니 여기 앉아서 요기나하세요. 나도 예전에 아이들을 키워 봐서 웬만큼 아기를 볼 줄안다오."

여자는 마르틴에게 감사해 하며 식탁에 앉아 성호를 긋고 음식을 먹기 시작했다. 마르틴은 침대에 걸터앉아 보채는 아이를 달래려고 휘파람소리를 내려 했으나 이가 다 빠져서 소리가 나질 않았다. 아이가 계속 칭얼대자 마르틴은 아이 입가에 손가락을 살짝 갖다 대었다. 아교풀로 더러워진 손가락이 아기 입에 닿지 않도록 조심하면서 달랬다. 그랬더니 아기가 울음을 그치면서 힘없이 방긋거렸다. 아기가 웃자 마르틴도 몹시 기뻤다.

여자는 빵과 스프를 먹으면서 자기 이야기를 늘어놓았다.

"남편은 군인이에요. 그런데 8개월 전에 어디론가 전속되어멀리 떠났는데 그 후론 아무 소식이 없어요. 할 수 없이 저는 남의 집 하녀로 들어갔는데 얼마 되지 않아 이 아이를 낳았고 그집에서도 나왔습니다. 갓난아이가 딸렸다고 써 주질 않아 벌써

3개월째 이렇고 있답니다. 그동안 보잘것없는 가재도구며 옷가지를 팔아서 겨우겨우 살아왔어요. 유모로라도 일하고 싶은데 그런 자리도 없어요. 몸이 너무 야위어서 젖이 제대로 나지 않을 거라네요."

"그럼 오늘도 일자리를 찾아다니던 거였소?"

"네, 조금 전에는 어느 가게에 다녀오는 길이었어요. 그 가게에 제가 아는 여자가 일하고 있는데 저를 하녀로 써 주겠다고 약속했거든요. 그래서 오늘부터 당장 일할 수 있으려나 해서 가 봤는데 막상 만나 보니 다음 주에 다시 오라는군요. 게다가 그 집이 굉장히 멀어서 거기를 갔다 오니 저도 쓰러질 지경이고 이 아이도 여간 지쳐 있지 않네요. 정말 다행히도 지금 머물고 있는 집주인 아주머니께서 우리 모자를 가엾게 여겨 그 집에서 살게 해 주셨답니다. 그렇지 않았다면 어떻게 살아갈 뻔했는지…."

마르틴은 길게 한숨을 내쉬고는 말했다.

"그래 겨울옷 한 벌이 없어요?"

"따뜻한 옷을 입어야 할 철이 되었으나 겨우 하나밖에 없는 목도리도 실은 어제 20코페이카에 저당 잡히고 말았습니다."

그녀는 침대로 돌아와 아이를 껴안았다. 마르틴도 일어나 한쪽 구석으로 가더니 무엇을 한참 동안 찾더니 이윽고 낡은 남자용 외투를 들고 돌아왔다.

"낡긴 했지만 아이를 감쌀 수는 있을 거요."

여자는 소매 없는 외투와 노인을 번갈아 쳐다보다가 그만 울음을 터뜨렸다. 마르틴도 콧등이 시큰해서 돌아섰다. 그리고 침상 밑으로 들어가서 옷 궤짝에서 무언가를 뒤지면서 눈물을 참았다.

여자도 눈물을 닦으며 말했다.

"할아버지, 고맙습니다. 저는 이 은혜를 갚을 능력이 없지만 하느님께서 은총을 내려 주실 겁니다. 아무리 생각해 봐도 주님께서 저를 할아버지가 계신 창가로 보내 주신 것 같아요. 그렇지 않았다면 이 아이를 얼려 죽일 뻔했어요. 집을 나설 때는 그래도 견딜 만했는데 갑자기 추워졌거든요. 이것은 분명히 주님께서 할아버지를 창가로 앉게 하여 우리 모자의 딱한 사정을 보도록 하신 거예요."

마르틴은 빙그레 웃으며 말했다.

"듣고 보니 정말 그런 것 같군요. 사실 내가 괜히 창밖을 내다보고 있었던 것은 아니었다오."

마르틴은 아기 엄마에게도 어제 있었던 일을 들려주었다.

"그 목소리야말로 우리를 살려 주시겠다는 하느님의 은총일 겁니다."

여자는 일어나 낡은 외투를 걸치고 아이를 그 속에 감싸 안았다. 그리고 마르틴에게 고개 숙여 감사의 인사를 했다. 마르틴은 아까 옷 궤짝에서 꺼낸 20코페이카를 여자의 손에 쥐어주면서 말했다.

"그리스도의 사랑으로 드리는 겁니다. 어서 가서 목도리를 찾아요."

여자는 눈물을 참으며 성호를 그었고, 마르틴도 성호를 그으며 그녀를 입구까지 배웅했다.

여자가 떠나자 마르틴은 간단히 식사를 하고 다시 일을 시작했다. 마르틴은 여전히 창밖을 자주 내다보았지만 특별한 일은 일어나지 않았다.

한참 동안 일을 하다가 문득 창밖을 바라보니 창문 바로 앞에 사과 바구니를 든 할머니가 서 있었다. 거의 다 팔린 듯 바구니에는 사과가 별로 없어 보였고, 반대편 어깨에는 나뭇조각이 가득 든 자루를 메어 있었다. 아마도 공사장 같은 데서 주워 집으로 가지고 돌아가는 모양이었다. 자루가 어깨를 너무 짓누르는지 그녀는 다른 쪽 어깨로 바꾸어 메려고 자루와 사과 바구니를 내려놓은 후, 자루의 부피를 줄여 보고자 나뭇조각을 가다듬고 있었다. 그때 찢어진 모자를 쓴 소년이 갑자기 뛰어오더니 바구니에서 사과 한 개를 훔쳐 도망치려고 했다. 그러나 재빨리 눈치 챈 할머니가 소년의 소매를 붙잡아 버렸다. 소년은 벗어나려 발버둥을 쳤지만 할머니가 모자를 벗기고 머리카락을 움켜잡는 바람에 꼼짝없이 잡히고 말았다. 그러나 소년은 용서를 빌기는커녕 할머니에게 큰소리로 욕설을 퍼부었다.

마르틴은 그 광경을 지켜보다가 일감을 챙겨 놓을 사이도 없이 마룻바닥에 던져놓고 밖으로 뛰어나갔다. 그러다 층계에서 넘어지면서 안경까지 떨어뜨리고 말았다. 마르틴이 헐레벌떡 뛰어가 보니 할머니는 그 소년의 머리카락을 휘어잡고 욕을 하면서 경찰서로 가자고 실랑이를 벌이고 있었다. 소년은 있는 힘을 다해 빠져나가려고 날뛰면서 큰소리로 대꾸했다.

"난 훔치지 않았어요. 이거 봐요."

마르틴은 그들을 떼어 놓으며 사내아이의 손을 잡고 말했다.

"할머니, 주님의 사랑으로 이 아이를 용서하시고 놓아 주십시오."

"용서라니요! 다시는 못된 짓을 못하게 경찰서로 데려가서 혼을 내야 해."

마르틴은 할머니를 설득하기 시작했다.

"놓아 주십시오. 두 번 다시는 안 그러겠지요. 그리스도의 은혜로 놓아 주세요."

할머니는 손을 놓았고 사내아이가 그대로 도망치려고 하는 것을 마르틴이 붙잡아 세우고 말했다.

"할머니께 사과를 해라. 이제 다시는 나쁜 짓을 해서는 안 된다. 네가 사과를 훔치는 것을 내가 다 보았다."

마르틴이 점잖게 꾸짖자 사내아이도 눈물을 흘리면서 잘못을 빌었다.

"그래 됐다. 이 사과는 너 가져라."

마르틴은 바구니에서 사과를 꺼내 소년에게 주면서 사과 값
은 자기가 치르겠다고 말했다.

"이러면 괜히 애들 버릇만 더 나빠져요. 저런 애들은 절대 잊
지 않도록 혼을 내야 하는데."

"아닙니다, 할머니. 그건 우리 인간의 생각이지 하느님의 뜻
은 그렇지 않습니다. 사과 하나 때문에 이 아이에게 벌을 준다
면 죄 많은 우리는 어떤 벌을 받아야 하겠습니까?"

할머니는 아무 대답도 없이 잠자코 있었다. 마르틴은 성경에
나오는 이야기 하나를 들려주었다.

"주인에게 소작료를 내지 않은 마름이 있었습니다. 하지만
주인은 마름을 용서해 주었지요. 그런데 정작 그 마름은 자신에
게 빚진 자를 용납하지 않고 못살게 굴었답니다. 결국 사람들이
마름의 옛 주인에게 이런 일들을 알렸고 결국 용서라는 걸 모르
던 마름은 주인에게 모든 소작료를 다 갚아야 했답니다."

할머니도 소년도 잠자코 마르틴의 이야기를 들었다.

"예수께서는 용서해 주라고 말씀하셨습니다. 그렇지 않으면
우리도 용서 받을 수 없지요. 어떤 사람이든 용서해야 하는데
하물며 생각이 모자라는 아이는 더욱 그렇지요."

할머니는 이해한다는 듯이 고개를 끄덕이면서도 한숨을 내
쉬면서 이렇게 말했다.

"듣고 보니 그렇습니다만 이 아이는 너무 버릇이 없어나서…."

"그러니까 우리처럼 나이 먹은 사람들이 바로 가르쳐야지요."

"나도 아이들이 일곱이나 있었지만 지금은 딸 하나밖에 없답니다."

할머니는 자기가 어느 마을에서 딸과 함께 살고 있으며 외손자가 몇이라는 이야기도 했다.

"나이를 많이 먹어 기력도 없지만 그래도 일을 나간답니다. 가난하게 사는 어린 손자들이 너무 가엾어서요. 아주 착한 아이들이지요. 내가 집으로 돌아가면 그 착한 것들이 매일 나를 마중 나와 주지요. 게다가 아크슈트란 놈은 '우리 할머니가 제일 좋아' 하면서 저를 졸졸 따라다닌답니다."

손자들 이야기를 하다 보니 어느새 할머니의 마음도 누그러졌다.

"너도 철이 없어서 뭘 모르고 그랬겠지?"

소년을 그렇게 용서해 준 할머니는 자루를 어깨에 메고 집으로 돌아갈 채비를 했다. 그러자 소년이 자루를 재빨리 잡으며 말했다.

"할머니, 제가 메고 갈게요. 저도 그쪽으로 가니까요."

할머니는 고개를 끄덕이며 자루를 소년의 어깨에 올려 주었다. 두 사람은 나란히 걸어갔다. 할머니는 마르틴에게 사과 값을 받는 것도 잊어버린 듯했다. 마르틴은 두 사람이 떠나자 그 자리에 우두커니 서서 그들의 뒷모습을 바라보았다. 할머니와 소년은 무언가 이야기를 나누며 집으로 돌아가고 있었다.

층계에 떨어뜨렸던 안경도 찾았다. 다행히 깨진 곳은 없었다. 마르틴은 바닥에 떨어져 있던 일감을 집어 들고 다시 일을 시작했다. 얼마 지나지 않아 날이 어두워져 바늘 꿰기가 어려워질 때쯤 가로등지기들이 하나둘 가스등을 켜기 시작했다.

마르틴도 실내를 밝히기 위해 램프에 불을 붙여 고리에 걸고 다시 일을 시작했다. 한쪽 장화를 완성한 후 이리저리 살펴보았다. 별 이상 없이 잘 꿰매져 있었다. 연장들을 정리하고 가죽 조각을 쓸어 낸 다음 실과 바늘을 제자리에 잘 정돈하고 램프를 떼어 탁자에 놓고 벽장에서 성경을 꺼냈다.

어젯밤에 가죽으로 끼워 놓은 곳을 펼치려고 했으나 다른 데 가 펼쳐졌다. 마르틴이 성경을 펼치자 문득 어젯밤 일이 생각났다. 꿈인지 생시인지 모를 그 일을 생각하고 있는데 뒤쪽에서 이상한 소리가 들려왔다. 마르틴이 뒤를 돌아보니 컴컴한 구석에 사람들 형상이 보이는 듯했다. 사람임에는 분명한데 누구인지 알 수가 없었다. 마르틴의 귀에 조용히 속삭이는 소리가 들려왔다.

"마르틴, 너는 나를 알아보지 못했구나."

"누구를 말입니까?"

"나였단다. 이 사람이 바로 나였다."

그 목소리와 함께 어두컴컴한 구석에서 스체파니치가 앞으로 나오면서 빙긋 웃더니 스르륵 사라져 버렸다.

"이 또한 나였다."

이번에는 어두운 구석에서 갓난아이를 안은 여자가 나타났다. 여자가 밝은 미소를 지었고 아이도 빙긋 웃더니 어느새 아무것도 보이지 않게 되었다.

"그들 또한 나였어."

그러자 할머니와 사과를 들고 있는 소년이 나타나 빙긋 웃으며 형체도 없이 사라져 버렸다. 마르틴은 기뻤다. 마르틴은 얼른 성호를 긋고, 안경을 끼고, 성경을 펼쳐 읽기 시작했다. 펼쳐진 면의 첫머리에는 이렇게 쓰여 있었다.

'너희는 내가 굶주릴 때 먹을 것을 주었고, 내가 헐벗었을 때 옷을 주었고, 내가 목마를 때 마시게 했으며, 나그네가 되었을 때 따뜻하게 맞아 주었으며….'

그리고 뒷부분에는 이렇게 쓰여 있었다.

"너희가 여기 있는 내 형제 중에 가장 보잘것없는 자에게 베풀어준 것이 곧 내게 한 것과 같으니라."

마르틴은 깨달았다. 헛된 꿈도 환청도 아니었다는 것을. 약속하신 대로 예수님은 자신을 찾아왔었고 자신은 그 분을 따뜻하게 맞이했다는 것을.

사람에게는
얼마만큼의 땅이 필요한가?

1

도시에 살고 있는 언니가 시골에 사는 동생 집에 찾아왔다. 언니는 도시 상인과 결혼에서 도시에서 살고 있었고, 동생은 시골 농부와 결혼해서 시골에서 살았다.

둘은 차를 마시면서 이야기를 나누었다. 그러다가 언니가 자신의 도시 생활에 대해서 자랑을 하기 시작했다. 자기가 도시에서 얼마나 넓고 깨끗한 집에서 사는지, 아이들에게는 어떤 옷을 입히며 얼마나 맛있는 음식을 먹는지, 그리고 얼마나 자주 마차를 타고 놀러 다니며, 극장은 얼마나 자주 가는지 모르겠다는 자랑을 늘어놓았다.

언니의 자랑에 왠지 분한 생각이 든 동생은 장사꾼의 생활을 업신여기며 농촌 생활은 추켜세웠다.

"그래도 나는 우리 생활과 언니네 생활을 바꿀 생각이 전혀 없어요. 우리가 호화롭지는 않지만 그 대신 걱정 없이 살아요. 언니네 생활이 우리보다 좀 화려해 보이긴 하지만, 크게 벌든가 아주 망하든가 둘 중에 하나 아니에요? '손해는 이익의 형님'이라는 속담이 있잖아요. '오늘의 부자가 내일은 남의 집 처마 밑에 선다.'는 말도 있고요. 거기에 비하면 우리네 농사일은 틀림이 없지요. 농민의 생활은 굵지는 않지만 오래 가요. 부자는 못되더라도 굶주릴 일은 없거든요."

그러자 언니가 되받아쳤다.

"배만 고프지 않으면 뭘 해? 소나 돼지처럼 사는 게 좋니? 게다가 좋은 옷을 입을 수 있나, 변변한 사교 생활을 할 수가 있나. 아무리 뼈 빠지게 일해 봐야 너희들은 어차피 거름 더미 속에서 살다가 죽어 갈 거야. 네 아이들도 마찬가지고."

동생이 다시 입을 열었다.

"그게 어때서요? 그게 우리의 일인걸요. 그 대신 우리네 생활은 흔들림이 없어요. 누구에게 머리를 숙일 필요도 없고 두려워할 필요도 없어요. 그러나 도시 사람들은 모두들 유혹 속에서 살아가고 있잖아요. 오늘은 좋을지 몰라도 내일은 어떤 마귀에게 홀릴지도 모르죠. 형부도 언제 노름에 미칠지, 술독에 빠질지, 어떤 여자에게 빠질지 모르잖아요? 그렇게 되면 모든 게 끝장이겠고, 그렇잖아요?"

동생의 남편인 바흠이 벽난로 옆에서 두 자매의 이야기를 듣고 있다가 끼어들었다.

"맞는 말이죠. 우리는 어릴 때부터 땅만 바라보고 살아왔기 때문에 바보 같은 생각은 하지 않아요. 물론 가진 땅이 많지 않다는 게 흠이라면 흠이지만요. 만약 땅만 많다면 세상에 겁날 게 없지요. 심지어 악마라도 말이에요!"

언니와 동생은 차를 다 마시고 나서도 한참 옷 이야기를 하다가 밤이 늦자 찻잔을 치운 다음 잠자리에 들었습니다.

그런데 악마란 놈이 난로 뒤에 숨어서 이 말을 다 듣고 있었다. 농부가 아내의 말을 거들면서 땅만 있으면 악마도 무섭지 않다고 큰소리치는 것에 몹시 약이 올랐다.

악마는 결심했다. '좋아, 우리 한번 내기를 해 보자. 내가 너에게 많은 땅을 주지. 그게 너를 어떻게 사로잡는지 보고 말테다.'

2

이 마을에는 한 여자 지주가 얼마간의 땅과 머슴들을 데리고 살고 있었다. 그녀가 가지고 있는 땅은 120데샤티나(1데샤티나는 약 1헥타르)였는데 같이 일을 하던 농민들과 사이좋게 지냈으며 그들을 천대하는 일도 없었다. 그런데 얼마 전 관리인으로 들어온 퇴역 군인이 걸핏하면 농민에게 벌금을 물리며 그들을 괴롭히기 시작했다. 바흠이 아무리 조심해도 말이 지주의 귀리 밭에 뛰어든다든지 암소가 마당에 들어간다든지 송아지가 지주의 목초지에 들어가곤 했기에 그때마다 그는 벌금을 낼 수밖에 없었다. 그때마다 바흠은 애꿎은 가족들에게 화풀이를 하곤 했다.

그 관리인 때문에 바흠은 여름 내내 고생을 했다. 그래서 가축을 우리 속에 가두어 놓는 계절이 오자 사료는 부족했지만 걱정거리는 없어졌기에 오히려 기뻐했다.

그런데 그해 겨울, 여자 지주가 땅을 팔려고 내놓았는데 큰길가에 있는 여관 관리인이 사려고 한다는 소문이 돌았다. 이 소문을 들은 소작인들은 걱정이 이만저만이 아니었다.

'여관 관리인이 땅을 산다면 지금 지주네 관리인보다 훨씬 더 우릴 괴롭힐 거야. 우리는 그 땅이 없으면 살아갈 수가 없을 텐데 큰일이군. 이 주변 농부들은 죄다 그 땅을 붙여 먹고사니까 말이야.'

그래서 소작인들은 의견을 모아 함께 지주에게 찾아가 그 땅을 여관 관리인에게 팔지 말고 자기들에게 팔라고 부탁했다. 값도 더 비싸게 쳐 주겠다고 해서 결국 지주는 그렇게 하겠다고 승낙했다.

농부들은 공동으로 땅을 모두 사들일 방법을 찾으려고 몇 번의 모임을 가졌다. 하지만 끝내는 의견의 일치를 보지 못했다. 악마가 갖은 수를 다해 훼방을 놓았기 때문에 의견을 모을 수가 없었던 것이다. 결국 농부들은 각자 자기 형편대로 땅을 사기로 했고 지주도 이를 승낙했다.

얼마 후 바흠은 옆집 농부가 지주에게서 20데샤티나의 땅을 사기로 했는데 우선 땅값의 반만 내고 나머지는 1년 후에 주기로 했다는 말을 들었다. 바흠은 옆집 농부가 너무나 부러웠다.

'다른 사람들이 땅을 모두 사 버리면 나는 어떻게 하지?'

걱정이 많아진 바흠은 이 일을 아내와 상의했다.

"다들 땅을 사고 있으니 우리도 10데샤티나 정도는 사야 할 것 같아. 그렇지 않으면 우리는 살아갈 수가 없어. 그 관리인이 물리는 벌금 때문에 이제는 도저히 견딜 수가 없거든."

부부는 무슨 수로 땅을 살 수 있을지 궁리를 계속했다. 그들에겐 모아 둔 돈이 100루블 있었다. 거기에 망아지 한 마리와 벌꿀을 팔았고, 아들을 남의 집 머슴으로 보냈으며 동서에게서 빚을 내서 땅값의 절반을 마련했다.

바흠은 미리 봐 둔 작은 숲이 딸린 15데샤티나 정도의 땅을 사겠다고 지주를 찾아가서 땅값을 흥정하고 계약금을 치렀다. 그리고 바로 도시로 나가서 토지 매매 수속을 마치면서 땅값의 절반을 치른 다음 나머지는 2년 안에 주기로 했다.

드디어 바흠도 꽤 넓은 땅을 가지게 되었다. 첫해에는 씨앗을 빌려 농사를 지어야 했지만 풍년이 들어 1년 만에 지주에게 줄 잔금과 동서에게 빌린 돈 모두를 갚을 수 있었다. 마침내 바흠도 지주가 된 것이었다. 자기 땅을 갈아 씨를 뿌리고, 자기 목장에서 풀을 베었으며, 자기 숲에서 땔감을 구했고, 자기 땅에서 가축을 길렀다. 바흠은 영원히 자기 재산이 된 땅으로 일을 하러 갈 때나 목초지를 둘러볼 때 여간 기쁜 게 아니었다. 익히 보았던 꽃들과 풀이지만 예전과 다르게 보였다. 이전에도 이 땅을 수없이 지나다녔지만 지금처럼 특별했던 적은 없었다.

3

바흠은 나날이 기뻤다. 만약 인근 농부들이 바흠의 농작물이나 목초지를 망치지만 않았다면 아무 일도 없었을 것이다. 그러나 이웃 농부들의 소가 풀밭을 짓밟고 다녔고 말들이 옥수수 밭을 망쳐 놓기 일쑤였다. 그때마다 바흠은 소나 말을 내쫓고 주인들에게 조심하라고 타이를 뿐이었다. 하지만 그런 일이 계속되자 결국 참다못해 고소를 하기에 이르렀다. 바흠도 농부들이 일부러 그러는 게 아니라 땅이 워낙 좁기 때문이라는 것을 알고 있었지만, 반면에 이런 생각도 들었다.

'그렇다고 이런 일을 매번 그냥 참고만 있을 순 없어. 그러다간 내 땅을 모두 망쳐 버릴 거야. 한번 본때를 보여 줘야 해.'

그는 재판을 걸어 농부에게 몇 번이나 벌금을 내게 했다. 이 때문에 이웃 농부들은 바흠에게 앙심을 품기 시작했고 심지어 일부러 바흠의 밭을 짓밟아 버리기도 했다. 어떤 농부는 밤에 몰래 숲에 들어가 보리수 열 그루를 베어 버리기도 했다.

다음날, 바흠도 이를 발견했다. 가까이 가서 자세히 보니 밑동이 가지런히 잘려 있었다. 대번에 일부러 그랬다는 걸 알 수 있었다. 바흠은 화가 머리끝까지 나고 말았다.

'이런 나쁜 놈, 내 기필코 잡아서 복수하고 말리라.'

과연 누가 이런 짓을 했을지 바흠은 곰곰이 생각해 보았다.

'분명히 쇼무카가 그랬을 거야. 그놈 말고는 이런 짓을 할 사람이 없어.'

바흠은 그 즉시로 쇼무카의 집에 가서 증거를 잡겠다고 여기저기를 뒤적거렸지만 아무것도 발견하지 못했고 말다툼만 하다가 돌아왔다. 하지만 바흠은 쇼무카의 짓이 분명하다고 생각한 나머지 그를 고소했고 두 사람은 법정 다툼을 벌이게 되었다. 몇 차례 법정에서 공방을 벌였지만 증거가 없었기에 결국 쇼무카는 무죄 판정을 받았다. 바흠은 더욱 화가 나서 재판관들은 물론 마을 촌장에게도 욕을 하며 싸웠다.

"모두 도둑놈 편을 들다니! 당신들이 올바르게 살았다면 어떻게 도둑놈을 무죄로 만들겠어!"

바흠은 한바탕 이웃들과 싸웠고, 이웃들도 그의 집에 불을 질러 버리겠다고 으름장을 놓았다. 이렇게 바흠은 제법 넓은 땅을 가지게 되었지만 인간관계는 아주 좁아지게 되었다.

그 무렵 마을 농부들이 새로운 땅으로 이주한다는 소문이 돌았다. 바흠은 생각했다.

'난 내 땅이 있으니 떠날 이유가 없지. 그리고 마을 사람들이 떠나면 이곳은 그만큼 넓어지겠지. 게다가 떠나는 농부들 땅을 내가 산다면 이 일대는 다 내 게 되겠군. 아무래도 지금은 땅이 좀 좁아.'

어느 날 한 남자가 바흠에 집에 들러 하루만 재워달라고 했다. 바흠은 그를 재워 주기로 하고 식사를 대접하면서 이런저런 이야기를 나누었다. 그는 볼가강 아래 마을에서 왔으며 거기서 일을 했었다고 말했다. 그리고 그 남자는 자기가 일하던 곳으로 많은 농부들이 이주해 오고 있는데 그곳에 와서 조합에 가입하면 한 사람당 10데샤티나의 땅을 분배 받는다고 말했다. 그런데 그 땅이 어찌나 좋은지 호밀을 심으면 지나가는 말이 보이지 않을 정도로 잘 자란다는 것이었다. 호밀 다섯 줌이면 이내 한 단이 될 정도로 기름진 땅이기에 어떤 농부는 빈손으로 왔다가 지금은 말 여섯 필에 암소를 두 마리나 가지게 되었다고 했다.

바흠은 가슴이 마구 뛰기 시작했다.

'그렇게 좋은 땅이 있다면 이런 좁은 데서 고생할 필요가 없겠다. 땅과 집을 팔아 그곳으로 가서 새로 집을 짓고 잘살아 보자. 더 이상 이 좁은 마을에서 살아 봤자 평생 골치만 아플 거야.

일단 내가 직접 가서 그곳 사정을 알아봐야겠다.'

여름이 되자 바흠은 그곳으로 출발했다. 증기선을 타고 볼가 강을 따라 사마라까지 간 다음 그곳에서 400베르스타(1베르스타는 약 1km)를 걸어 드디어 목적지에 도착했다.

그 사내의 말은 모두 사실이었다. 농부들은 모두 10데샤티나의 땅을 분배 받아 여유롭게 생활하고 있었으며 이주만 하면 아무나 조합에 가입할 수 있었다. 또한 분배 받은 땅 말고도 어느 땅이나 1데샤티나당 3루블이면 살 수 있었다.

바흠은 여러 가지를 조사한 후 가을이 되기 전에 집으로 돌아왔다. 그리고 모든 재산을 팔기 시작했다. 땅은 이익을 남기고 팔았고, 집과 가축도 다 팔았다. 바흠은 봄이 오기를 기다렸다가 가족과 함께 새로운 땅으로 떠났다.

4

바흠은 새로운 땅에 도착해 우선 큰 마을의 조합에 가입했다. 마을 어른들에게 술을 대접하고 서류를 모두 마련해 조합원이 되었고, 다섯 명의 가족에 대한 토지 50데샤티나의 땅과 목초지를 배정받았다. 땅이 여러 군데 흩어져 있긴 했지만 이전에 비해 넓이가 세 배 이상이나 더 커진 셈이다. 땅도 매우 비옥해 살림도 이전보다 열 배나 나아졌다. 정착 초기에는 집도 짓고 경작도 하면서 모든 게 만족스러웠지만 생활이 안정되자 바흠은 이곳도 역시 좁다고 생각했다.

첫해에 밀을 심었는데 아주 잘 되었다. 그래서 그는 더 많은 밀을 심고 싶었지만 자기가 가진 땅으로는 부족했다. 땅이 있긴 했지만 당장은 밀을 심을 수 없는 상태였기 때문이었다. 이 지방에서는 얼마 동안 놀려서 억새풀이 충분히 자란 땅에나 밀을 심을 수 있었다. 그래야 땅이 척박해지지 않기 때문이다. 그래서 한두 해 밀을 심고 나면 풀이 적당히 자랄 때까지 땅을 묵혀야 했다. 이렇게 묵혀 둔 땅을 원하는 사람들이 많았기 때문에 사기도 힘들고 빌리기도 쉽지 않았다.

바흠은 더 많은 밀농사를 원했기에 다음 해에는 어느 상인에게 1년간 땅을 빌려서 밀을 심었고 역시 풍작이 들었다. 그러나 그 땅은 집에서 15베르스타나 떨어져 있어서 일하러 다니기에 힘들었다. 부유한 사람들은 바흠이 빌린 땅 근처에 큰 집을 짓고 농사를 지었다. 바흠은 생각했다.

'나도 여기쯤에 집이 있으면 좋으련만. 그러면 부러울 게 없을 텐데.'

이렇게 3년이 흘렀다. 바흠은 매년 땅을 빌려 씨를 뿌렸으며, 늘 풍년이었다. 돈도 많이 모았기에 생활하는 데 부족함 없었지만 시간이 갈수록 바흠은 땅을 빌리기 위해 안달해야 하는 일이 지겨워졌다. 어딘가 좋은 땅이 나오면 바로 사람들이 달려들었기에 때를 놓치면 그만큼 농사를 덜 지어야 했다.

한번은 알고 지내던 상인과 동업으로 어느 목장을 빌려 쟁기질을 완전히 끝내 놓았는데 주변 농부들과 다투면서 소송이 걸리는 바람에 모든 것이 허사로 돌아가고 말았다.

'이 땅이 내 것이었으면 이렇게 머리 숙일 필요도 없고 불쾌

한 일도 안 당할 텐데.'

바흠은 늘 이런 생각을 가지고 있었다.

그러던 중 어떤 농부가 파산하는 바람에 500데샤티나의 땅을 아주 싸게 판다는 소문을 들었다. 지체 없이 바흠은 농부와 흥정을 했고 땅값은 1500루블에 하되 절반은 나중에 주기로 했다. 그렇게 흥정을 마무리할 때쯤 바흠은 한 상인을 만나게 되었다.

멀리 바시키르 지방에서 왔다는 상인과 바흠은 차를 마시며 잠시 이야기를 나누었다. 말을 들어보니 상인은 그곳에게 5000데샤티나나 되는 땅을 겨우 1000루블에 샀다고 했다. 바흠은 상인에게 어떻게 그렇게 싸게 땅을 살 수 있었는지 물었다.

"그저 그 동네 어르신들의 비위를 잘 맞춰 주면 됩니다. 나는 옷과 양탄자 100루블 어치를 사서 선물했고, 차와 술도 대접했지요. 그 덕분에 1데샤티나당 20코페이카라는 헐값으로 땅을 살 수 있었지요."

상인은 땅문서까지 보여 주며 자세하게 설명을 해 주었다.

"내가 산 초원은 강을 끼고 있어서 온 천지가 억새풀로 뒤덮여 있답니다."

바흠은 누구와 어떻게 거래했는지 더 자세히 캐물었다.

"그곳은 모두 바시키르 원주민들의 땅이지요. 그런데 얼마나 땅이 넓은지 1년을 걸어 다녀도 다 돌아볼 수 없을 정도랍니다.

원주민들이 아주 양같이 순진해서 말만 잘 하면 거의 공짜로 땅을 살 수 있습니다."

바흠은 얼른 계산을 해 보았다.

'여기선 겨우 500데샤티나의 땅을 사기 위해 내 돈 1000루블을 쓰고도 500루블이나 빚을 져야 하는데 바시키르에선 내 돈만으로도 열 배나 더 넓은 땅을 살 수 있겠구나!'

5

바흠은 상인이 떠나기 전에 그곳으로 가는 길을 자세히 물은 후 급히 떠날 채비를 했다. 뒷일은 아내에게 맡기고 하인 한 명만 데리고 출발했다.

바흠은 가는 도중에 시내에 들러 상인이 말한 대로 차 한 상자와 술, 그리고 여러 가지 선물을 샀다. 그들은 일주일 동안 밤낮으로 여행해 바시키르에 도착했다.

모든 것이 상인이 말한 그대로였다. 원주민들은 냇가의 초원에서 양털로 천막에서 살았다. 그들은 농사를 짓고 살아가는 사람들이 아니었기에 곡식도 먹지 않았다. 넓은 초원에는 여러 종류의 가축들이 떼를 지어 다니고 있었고 망아지들은 천막 뒤쪽에 있는 우리에 매어져 있었다. 여인들은 하루에 두 번 암말들을 그곳으로 몰아넣고 젖을 짜서 치즈나 마유주를 만들었다. 바시키르 남자들은 차나 마유주에 양고기를 먹다가 피리 같은 걸 불며 즐길 뿐이었다. 사람들은 모두 건장하고 쾌활했으며 여름에는 아무 일도 하지 않았다. 러시아 말은 잘 몰랐으나 모두 상냥하고 친절했다.

바흠 일행을 보자 바시키르 사람들은 천막에서 나와 신기한 듯 그들을 둘러쌌다. 바흠은 러시아 말을 할 줄 아는 사람을 찾아서 땅을 사러 왔다고 전했다. 원주민들은 매우 기뻐하며 바흠을 천막 안으로 안내했다. 양털 방석을 내주었고 그들도 바흠 일행 주위에 둘러앉아 차와 술을 권했으며 양을 잡아 고기를 대접했다.

바흠이 마차에서 선물을 꺼내 바시키르 사람들에게 나누어주자 그들은 매우 기뻐했다. 선물을 받고 자기들끼리 열심히 떠들더니 통역을 시켜 이렇게 말했다.

"이분들은 당신이 마음에 든답니다. 그래서 여기 관습대로 선물에 대한 답례를 꼭 하고 싶으니 당신이 마음에 드는 건 무엇이든지 주겠답니다."

파흠은 바로 대답했다.

"저는 무엇보다도 당신들의 땅이 마음에 듭니다. 내가 살고 있는 땅은 좁은데다가 오랫동안 경작을 해서 토질도 나빠졌지요. 그런데 여기는 땅도 넓고 기름집니다. 이처럼 아름답고 좋은 땅은 본 적이 없어요."

통역을 맡은 사람이 그의 말을 전하자 바시키르 사람들은 자기들끼리 한참을 이야기했다. 바흠은 그들이 무슨 말을 하는지 알 수는 없었지만 유쾌하게 웃으면서 떠들었기에 상황은 좋아 보였다. 통역이 바흠에게 상황을 설명해 주었다.

"당신의 친절에 보답하기 위해 원하는 만큼 땅을 주겠다, 얼마나 필요한지 물어보라고 합니다."

하지만 금세 원주민들끼리 옥신각신하더니 목소리가 높아졌다. 바흠이 통역에게 묻자 그는 "땅 문제이니 만큼 촌장에게 먼저 물어봐야 하는지 아닌지에 대해 서로 의견이 엇갈려서 그렇습니다."라고 대답했다.

6.

바시키르 사람들이 서로 언성을 높이고 있을 때 여우 가죽 모자를 쓴 남자 한 명이 천막 안으로 들어오자 하던 말을 멈추고 모두들 일어섰다. 통역이 말했다.

"이분이 마을 촌장이십니다."

바흠도 얼른 일어나 준비해 온 선물 중 가장 값비싼 옷과 차를 촌장에게 내놓았다. 촌장은 그 선물을 받아 놓고는 가장 높은 자리에 앉았다. 그러자 바시키르 사람들이 촌장에게 무언가를 열심히 설명하기 시작했고 촌장은 그들의 말을 잠자코 듣고 있다가 알았다는 듯 고개를 끄덕였다. 그러더니 러시아어로 바흠에게 말했다.

"좋습니다. 마음에 드는 땅을 원하는 대로 가지십시오. 땅은 얼마든지 있습니다."

바흠은 내심 놀라며 생각했다.

'정말이란 말인가? 하지만 이렇게 말로만 하면 언젠가 땅을 다시 돌려달라고 할지도 몰라. 당장 촌장이 말하는 것을 계약으로 확실히 해 두어야겠다.'

바흠은 결심한 듯 말했다.

"친절한 말씀 고맙습니다. 말씀처럼 여기는 땅이 정말 넓군요. 그러나 저는 많은 땅을 원하는 게 아닙니다. 다만 어디까지가 제 땅인지 그것만 확실히 해 두었으면 좋겠습니다. 사람의 운명이란 게 어떻게 될지 알 수 없지 않습니까. 당신들은 분명 좋은 분들이라 제게 땅을 주시겠지만 당신들의 후손들이 도로 빼앗아갈 수도 있지 않겠습니까?"

"맞는 말입니다. 그렇게 해 드리지요."

바흠이 다시 말했다.

"제가 아는 상인에게도 당신들이 땅을 선물하면서 땅문서를 주셨다고 들었습니다. 저에게도 그렇게 해 주셨으면 좋겠습니다."

촌장은 모든 것을 이해했다.

"그것도 어려운 문제가 아닙니다. 우리 마을 서기와 함께 도시로 나가서 서류를 작성하면 됩니다."

"그런데 땅값으로 얼마를 드려야 할까요?"

"여기서는 가격이 항상 똑같습니다. 누구나 하루에 1000루블입니다."

바흠은 무슨 말인지 이해할 수 없었다.

"하루란 대체 어떻게 재는 겁니까? 그게 대략 몇 데샤티나
죠?"

"우리들은 그런 계산법을 모릅니다. 우리는 하루에 얼마로
땅을 팝니다. 그러니까 하루 동안 걸은 만큼이 당신 땅이 됩니
다. 그 값이 1000루블이지요."

바흠은 놀라며 말했다.

"그렇지만 하루 종일 걸어 다닌 땅은 너무 넓은 땅인데요?"

촌장이 웃으며 말했다.

"어쨌든 모두 당신 땅이 됩니다. 그런데 조건이 하나 있지요.
해가 지기 전에 출발한 곳으로 돌아오지 못하면 1000루블은 돌
려주지 않습니다."

"그러면 제가 돌아다닌 땅이란 것을 어떻게 표시하죠?"

"당신이 출발할 장소에 우리가 서 있겠습니다. 거기서 출발
해서 당신은 한 바퀴 돌아오면 됩니다. 괭이를 한 자루를 가지
고 다니면서 당신이 필요한 곳에 표시를 해 두세요. 작은 구덩
이를 파고 풀이나 나무를 꽂아 두면 우리가 돌아다니면서 구덩
이와 구덩이를 연결해 줄 테니까요. 어떻게 한 바퀴를 돌든 상
관없지만 해가 지기 전에는 반드시 돌아와야 합니다. 그러면 당
신이 둘러본 땅은 모두 당신 것이 됩니다."

바흠은 뛸 듯이 기뻤다. 바흠은 다음 날 아침 일찍 출발하기로 약속하고 기뻐서 밤늦도록 술과 양고기를 먹었다. 날이 저물자 원주민들은 바흠에게 깃털 이불을 내주었고, 자신들은 각자의 천막으로 돌아갔다.

7

바흠은 푹신한 이불에 누웠지만 좀처럼 잠을 이룰 수가 없었다. 땅 생각이 사라지질 않았기 때문이었다.

'하루 종일 걸으면 50베르스타 정도는 돌 수 있겠지. 50베르스타면 굉장히 넓은 땅이니 그중에서 신통치 않은 곳은 팔든지 소작인에게 빌려 주고, 좋은 곳만 골라서 농사를 짓자. 쟁기를 끌 암소 두 마리를 사고, 일꾼도 두어 명 써서 50데샤티나 정도는 농사를 짓고 나머지는 목장을 만들어야겠다.'

바흠은 이런저런 생각에 계속 뒤척이다가 새벽녘에야 겨우 잠이 들었다. 잠에 빠지자마자 그는 꿈을 꾸었다. 꿈속에서 바흠은 천막 밖에서 나는 웃음소리를 듣고 있었다. 밖으로 나가 보니 촌장이 두 손으로 배를 움켜잡고 큰소리로 웃고 있었다.

바흠이 물었다.

"뭐가 그리 웃기세요?"

바흠이 자세히 살펴보니 그는 촌장이 아니라 바시키르의 땅 이야기를 들려주었던 상인이었다. 상인에게 바흠이 물었다.

"아니, 여긴 언제 왔습니까?"

그러자 상인 모습이 사라지면서 볼가강 아래 마을에서 일했다는 농부가 나타나더니 곧이어 뿔과 발톱이 달린 악마로 변했다. 악마는 앉아서 낄낄거리며 웃고 있었고 그 앞에는 속옷 바람에 맨발인 사내가 누워 있었다. 남자는 죽어 있었다. 그리고 죽은 사내가 바로 바흠 자신이라는 걸 알아챘을 때 소스라치게 놀라며 퍼뜩 잠이 깼다.

"아니, 꿈이 뭐 이래!"

열려 있는 문틈으로 날이 밝아오는 기운이 느껴졌다.

'사람들을 깨워야겠다. 이제 출발할 시간이 되었어.'

바흠은 마차에서 자고 있는 하인을 깨워 말을 매게 하고 자기는 바시키르 사람들을 깨우러 갔다.

"일어들 나시오. 들에 나가 땅을 정할 시간입니다."

바시키르 사람들도 일어나 모여들었다. 잠시 후 촌장이 왔고 바시키르 사람들은 마유주를 마시며 바흠에게는 차를 대접하려고 했다. 그러나 바흠은 시간을 지체하고 싶지 않았다.

"늦기 전에 어서 떠납시다."

8

출발 준비를 마친 바시키르 사람들은 말이나 마차를 타고 떠났다. 바흠도 괭이를 갖고 하인과 함께 자신의 마차를 타고 출발했다. 초원에 도착하자 날이 밝기 시작했다. 촌장이 바시키르 말로 시칸이라는 언덕으로 이끌었다. 촌장이 손으로 들판을 가리키며 바흠에게 말했다.

"여기서 보이는 곳이 모두 우리들의 땅입니다. 마음에 드는 곳을 정해 보세요."

바흠의 눈이 이글거렸다. 땅은 농사짓기에 좋은 초원이었고 손바닥처럼 평평했다. 나지막한 곳에는 잡초들이 가슴팍까지 자라 있었다.

촌장은 여우 가죽 모자를 벗어 땅에 놓으며 말했다.

"여기가 출발점입니다."

바흠은 땅값을 꺼내 모자 위에 놓았다. 외투를 벗고 조끼를 가죽 띠로 단단히 맸다. 빵 주머니를 목에 걸고 물병도 허리띠에 찬 다음 장화를 단단히 고쳐 신고 하인이 건네준 괭이를 받아 들었다. 바흠은 떠날 준비를 마친 후 어느 쪽으로 갈지 잠시 생각했다.

'어디로 가도 다 좋은 땅이니 해가 돋는 쪽으로 가 보자.'

바흠은 제자리걸음을 하면서 동쪽 끝에서 해가 떠오르기만을 기다렸다.

'절대로 시간을 낭비면 안 되지. 조금이라도 서늘할 때 최대한 많이 걸어야겠다.'

해가 뜨자마자 바흠은 괭이를 메고 초원을 향해 출발했다. 초반에는 너무 빠르게 걷지 않았다. 바흠은 1베르스타쯤 가서 구덩이를 파고 눈에 잘 띄게 잔디를 몇 포기 심어 두었다. 그러고는 또 걸었다. 발걸음이 점점 빨라졌다. 한참을 지나 다시 구덩이를 파고 잔디를 심어 표시해 두었다.

바흠은 뒤를 돌아보았다. 햇볕을 받아 사람들이 서 있는 언덕이 뚜렷이 잘 보였다. 마차의 바퀴가 반사돼 반짝거렸다. 바흠은 5베르스타쯤 걸었을 것이라고 짐작했다. 차츰 더워지자 조끼를 벗어 어깨에 걸치고 앞으로 나아갔다. 5베르스타쯤을 더 걸으니 덥기 시작했다. 태양을 쳐다보니 아침 식사 시간 정도가 된 것 같았다.

'4분의 1은 걸은 셈이네. 하지만 방향을 돌리기에는 아직 이르지. 장화를 벗고 다시 걸어 보자.'

장화를 벗어 허리춤에 차고 다시 걷기 시작했다. 걷는 것이 훨씬 편했다.

'이제 5베르스타만 더 걷자. 그러고 나서 왼쪽으로 방향을 틀자. 땅이 정말 좋은데 눈앞에 두고 방향을 틀기엔 너무 아깝다.'

바흠은 걷고 또 걸었다. 한참을 더 걷다가 뒤를 돌아보니 출발점인 언덕이 희미하게 보였다. 거기 서 있는 사람들은 개미처럼 작고 까만 점으로 보였고, 무엇인가 반짝거리는 듯했다.

'좋아, 이쪽은 이만하면 충분해. 이제 걷는 방향을 바꾸자. 땀을 너무 많이 흘렸나, 목이 타네.'

바흠은 그곳에 좀 더 큰 구덩이를 파고 잔디를 넣었다. 물통을 열어 물을 마신 뒤 왼쪽으로 방향을 돌렸다. 갈수록 풀은 더 무성해졌고 몹시 더워졌다. 바흠은 지치기 시작했다. 태양이 머리 위에 있는 걸 보니 점심때였다.

'여기서 쉬는 게 좋겠다.'

바흠은 걸음을 멈추고 앉아서 빵과 물을 먹었다. 하지만 잠들까 봐 눕지는 않았다. 잠시 쉰 후 다시 걷기 시작했다. 빵을 먹어서 그런지 힘이 났지만 햇살이 워낙 따가워지자 몸이 지치면서 자꾸 졸음이 몰려왔다. 하지만 이렇게 몇 시간만 견디면 평생을

편하게 살 수 있으리라는 생각에 꾹 참고 계속 걸었다.

한참을 걸은 후 바흠이 다시 왼쪽으로 방향을 꺾으려는데 눈앞에 물기가 촉촉한 분지가 나타났다. 그냥 놔두고 가기에는 아까운 땅이었다. 더 걸었다. 이제 분지를 차지한 바흠은 구덩이를 파고 두 번째 모퉁이를 만들었다. 그리고 언덕 쪽을 쳐다보니 이제는 어른거려서 사람들이 거의 보이지 않았다. 바흠은 생각했다.

'두 쪽은 길게 잡았으니 이번에는 좀 짧게 잡아야겠다.'

세 번째 방향으로 접어들면서 바흠은 걸음을 더욱더 재촉했다. 해를 쳐다보니 한나절이 훨씬 넘었는데 겨우 2베르스타 정도밖에 걷지 못했다. 대략 계산해 보면 출발점까지 아직 15베르스타 정도가 남아 있었다. '안 되겠다. 땅 모양이 반듯하지 않더라도 빨리 출발점으로 가야겠다. 더 이상 욕심내면 안 되겠다. 이 정도로도 땅은 충분하니까.'

바흠은 서둘러 구덩이를 파고 세 번째 모퉁이를 만든 후 급히 언덕으로 향했다.

9

바흠은 곧장 언덕을 향해 걸었으나 다리에 힘이 풀리기 시작
했다. 온몸은 땀으로 젖었고 맨발은 상처투성이라 제대로 걸을
수가 없었다. 쉬고 싶었지만 그럴 수도 없었다. 해가 지기 전에
출발점에 도착할 수 없을 것 같았기 때문이다. 해는 기다려 주
지 않고 자꾸 서쪽으로 기울어만 갔다.

'큰일 났다. 너무 욕심을 냈나 봐. 늦게 도착하면 어떡하지?'

초조해진 바흠은 바삐 걸으면서 언덕과 해를 번갈아 쳐다보
았다. 출발점까지는 아직 먼데 해는 벌써 지평선에 가까워지고
있었다.

걸어도 걸어도 갈 길은 줄지 않았다. 바흠은 마침내 뛰기 시
작했다. 이제 조끼도 장화도 물통도 모자도 다 버리고 괭이만을

지팡이 삼아 뛰었다.

'아아, 너무 욕심을 부렸어. 이젠 망했어. 해지기 전에는 못 갈 것 같아.'

그런 생각에 숨까지 막혀 왔다. 바흠은 계속 뛰었다. 내의와 바지는 땀에 젖어 몸에 달라붙었고, 입이 바짝 말라 버렸다. 가슴은 대장간 풀무처럼 헐떡거렸고 심장은 망치질하듯 쿵쾅거렸다. 바흠의 다리는 남의 다리처럼 휘청거렸고 갑자기 죽을 것 같은 공포가 밀려왔다. 죽는 게 무서웠지만 뛰는 걸 멈출 수는 없었다.

'이렇게 죽도록 달려왔는데 여기서 멈추면 사람들이 다들 바보라고 손가락질할 거야.'

뛰고 또 뛰어 언덕이 잘 보일 때쯤 바시키르 사람들이 바흠을 향해 외치는 고함소리가 들려 왔다. 그 함성을 듣자 바흠의 심장은 더욱더 뜨거워졌다. 바흠은 있는 힘을 다해 뛰었다. 하지만 태양이 지평선으로 기울면서 붉은 공처럼 보이기 시작했다. 이제 곧 해가 질 모양이었다. 출발점까지도 멀지 않았다. 바흠은 언덕 위에서 자기를 향해 손을 흔들며 재촉하고 있는 사람들을 보았다. 촌장의 여우 가죽 모자와 그 위의 자신이 놓았던 돈도 보였다. 그리고 땅바닥에 앉아 두 손으로 배를 움켜잡고 있는 촌장도 보였다. 바흠은 어젯밤 꿈이 생각났다.

'땅은 원 없이 얻었지만 하느님께서 나를 그 땅에 살게 해 주

실까? 아아, 내가 나를 망쳐 버렸어, 더 이상 달릴 수가 없어.'

바흠은 태양을 쳐다보았다. 태양은 이미 지평선 아래로 거의 다 들어갔고 끝자락만이 조금 남아 있었다. 바흠은 쓰러지려는 몸을 가까스로 버티며 조금씩 조금씩 발걸음을 옮겼다. 하지만 겨우 언덕 밑까지 다다랐을 때 갑자기 주위가 어두워졌다. 뒤를 돌아보니 태양은 벌써 가라앉아 버렸다. 바흠은 탄식하며 말했다.

'끝났구나. 내 노력도 허사로 돌아갔구나.'

이제 그만 단념하고 주저앉으려 하는데 바시키르 사람들이 더욱더 큰소리로 응원해 주는 소리가 들렸다. 자신은 언덕 아래에 있으니 해가 이미 떨어진 것처럼 보이겠지만 언덕 위에 있는 사람들은 아직도 해가 지지 않은 것으로 보일 것이라고 생각이 문득 떠올랐다. 바흠은 마지막 힘을 쥐어짜며 언덕 위로 뛰어 올라갔다. 언덕 위는 아직도 밝았다. 바흠은 모자가 있는 쪽으로 내달렸다. 촌장은 모자 앞에 앉아서 배를 움켜잡고 큰소리로 웃고 있었다. 바흠은 또다시 간밤의 꿈 생각이 나서 깜짝 놀랐다. 갑자기 다리의 힘이 풀리면서 앞으로 쓰러졌지만 손은 뻗어서 모자를 움켜쥐었다. 촌장이 크게 소리쳤다.

"참으로 대단합니다. 이제 많은 땅을 가지게 되었소이다!"

하인이 달려가 쓰러진 바흠을 일으키려고 했다. 하지만 그는 이미 피를 울컥울컥 쏟으며 죽어 있었다. 바시키르 사람들은 혀를 차며 매우 애석해했다.

하인은 그를 묻어 주기 위해 괭이로 무덤을 팠다. 머리에서 발끝까지 그가 차지하게 된 땅은 3아르신(1아르신은 약70cm)뿐 이었다.

바보 이반

1

옛날 어느 나라에 부유한 농부가 살고 있었다. 그에게는 군인인 세몬과 배불뚝이 타라스, 바보 이반이라는 세 아들과 귀머거리에 벙어리인 딸 말라냐가 있었다.

군인인 세몬은 임금님에게 충성하기 위해 전쟁터로 나갔고, 배불뚝이 타라스는 상인에게 장사하는 법을 배운다고 시내로 나갔으며, 바보 이반은 여동생과 집에 남아 열심히 농사를 지었다.

전쟁에서 공을 세운 군인 세몬은 높은 벼슬과 영지를 받고 어느 귀족의 딸과 결혼했다. 그는 봉급도 높고 땅도 많았으나 언제나 돈에 허덕이는 생활을 했다. 왜냐하면 남편이 열심히 벌어 온 반면 귀족 출신인 아내는 돈을 물 쓰듯이 마구 써 버렸기 때문이었다. 그래서 세몬은 직접 소작료를 받기 위해 영지를 찾아갔다. 그러나 마름은 이렇게 말했다.

"소작료를 낼 돈이 없습니다. 우리에게는 가축이나 농기구, 말이나 소가 없어요. 먼저 그런 것이 있어야 수입이 생기지요."

그래서 세몬은 아버지를 찾아갔다.

"아버지께서는 부자인데도 저에게는 아무것도 주시지 않았습니다. 저에게 토지를 3분의 1만 주십시오."

그러자 아버지가 말했다.

"너는 아무것도 집에 보태 준 것이 없으면서 어떻게 땅의 3분의 1이나 받을 생각을 한단 말이냐? 그러면 이반과 여동생이 불공평하다고 생각하지 않겠느냐?"

그러자 세몬이 말했다.

"이반은 바보가 아닙니까? 또 말라냐는 귀머거리에다 벙어리인데, 그런 애들에게 땅이 그렇게 많아서 뭐하겠습니까?"

이 말을 듣고 아버지는 다음과 같이 말했다.

"그럼 이반은 어떻게 생각하는지 한번 물어보자."

그러자 이반은 아주 쉽게 말했다.

"괜찮습니다. 형님 몫을 주세요."

세몬은 자기 몫의 땅을 얻어 자기 앞으로 이전하고 다시 임금님을 모시기 위해 떠났다.

배불뚝이 타라스도 돈을 많이 모아 상인의 딸과 결혼했다. 그러나 타라스 역시 자기 생활에 만족하지 못하고 아버지를 찾아와 이렇게 말했다.

"저에게도 제 몫의 땅을 나눠 주세요."

그러나 아버지는 타라스에게도 땅을 주고 싶지 않아서 세몬에게 했던 것과 똑같이 말했다.

"너는 우리 집을 위해 아무것도 한 일이 없다. 그리고 지금 집에 있는 것은 모두 이반이 일해서 번 것이다. 그러니 나는 이반과 네 여동생을 서운하게 하고 싶지 않다."

그러자 타라스가 말했다.

"저 녀석은 바보예요. 이반은 장가도 갈 수 없을 거고 시집을 올 여자도 없어요. 벙어리인 여동생도 마찬가지죠. 저런 애들한테 무슨 재산이 필요하겠어요. 그렇지 않니, 이반? 그러니 모아 놓은 곡식 중 절반만 나한테 줘. 나는 농기구 같은 안 가질 테니 저 잿빛 수말만 가져갈게. 수말은 밭을 가는 데 도움도 되지 않을 테니까 말이다."

이반은 크게 웃으며 말했다.

"네, 가져가세요."

이렇게 해서 타라스도 제 몫을 가져갔다. 타라스는 곡식과 잿빛 종말을 데리고 떠났다. 그리고 이반은 이전처럼 늙은 암말한 마리로 농사를 지으며 부모님을 모시고 살았다.

2

삼 형제가 싸우지도 않고 사이좋게 재산을 나누는 걸 본 큰 도깨비는 매우 속이 상했다. 그래서 그는 작은 도깨비 셋을 불러 이렇게 말했다.

"보아라, 저 인간 세상에 삼 형제가 살고 있다. 군인 세몬, 배불뚝이 타라스, 그리고 바보 이반 말이다. 나는 저 녀석들에게 꼭 싸움을 붙이고 싶은데 저 바보 이반이란 놈이 내 일을 모두 망치고 있다. 이제부터 너희들은 세 녀석들에게 달라붙어 서로 물어뜯고 싸우게 만들어야만 한다. 그렇게 할 수 있겠느냐?"

작은 도깨비들이 말했다.

"물론 할 수 있죠."

"어떻게 할 셈이냐?"

"먼저 이렇게 하겠습니다. 녀석들을 먹을 것조차 없는 가난 뱅이로 만든 다음 세 녀석을 한군데 모아 놓는 겁니다. 그러면 녀석들은 분명히 싸움을 하게 될 것입니다."

"그거 좋은 생각이다. 제각기 할 일을 알고 있는 것 같군. 가서 녀석들의 사이를 갈라놓기 전에는 절대로 돌아와선 안 된다. 만 일 그 일에 실패하면 너희 세 놈의 가죽을 벗겨 버리고 말테다."

도깨비들은 숲으로 돌아가서 어떻게 일을 시작할지 의논했 다. 그리고 서로가 쉬운 일을 맡겠다고 싸우다가 겨우 제비뽑기 를 해서 역할을 정했다. 그리고 먼저 일을 끝낸 도깨비가 다른 도깨비를 도와주기로 했고, 다시 만날 날을 정한 후 일을 하러 떠났다.

얼마 후, 도깨비 셋은 약속대로 숲 속에 모였다. 그리고 자기 가 맡은 일이 어떻게 진행되고 있는지 얘기하기 시작했다. 먼저 세몬에게 다녀온 첫째 도깨비가 말했다.

"내가 맡은 일은 아주 잘 됐어. 세몬이란 놈은 내일 분명히 자 기 아버지를 찾아갈 거야."

동료 도깨비들이 물었다.

"어떻게 했는데?"

"나는 먼저 세몬에게 쓸데없는 용기를 잔뜩 불어넣어 주었 지. 그랬더니 그 녀석은 왕에게 온 세계를 정복하겠다고 큰소 리를 치더군. 그러자 임금은 세몬을 대장으로 임명하고 먼저 인도를 공격하라고 명령했어. 모두들 인도를 치기 위해 모인 그날 밤, 나는 세몬 군대의 화약에 전부 물을 부어 놓았지. 인도 왕에게로 달려가서는 짚으로 허수아비 군대를 많이 만들어 놓도록 했고. 인도에 도착한 세몬의 군사들은 사방에서 밀려드는 엄청난 숫자의 군대에 잔뜩 겁을 먹더군. 물론 세몬이 발사 명령을 내렸지만 대포나 총은 나가질 않았지. 세몬의 군사들은 사색이 되어서 놀란 양떼들처럼 도망칠 때 인도 왕이 그들을 모조리 쳐부수어 버렸어. 세몬은 망신을 당한 것은 물론이고 영지도 몰수되었지. 게다가 내일 세몬은 사형을 당할 거야. 이제 내가 할 일은 딱 한 가지가 남았어. 집으로 도망칠 수 있도록 세몬을 감옥에서 꺼내 주는 거야. 그래서 내일이면 모든 일이 끝날 테니까 내 도움이 필요한 도깨비는 어서 말해.”

그러자 타라스에게 갔다 온 도깨비도 자신의 활약상을 늘어놓기 시작했다.

“아니, 도움은 필요 없어. 내 일도 아주 잘 되어 가고 있으니까. 타라스란 녀석도 이제 일주일 이상은 버티지 못할 거야. 나는 먼저 그놈의 욕심을 잔뜩 부풀려 놓았지. 그랬더니 녀석은 무엇이든지 닥치는 대로 모두 갖고 싶어 하는 거야. 돈을 있는 대로 털어 뭐든지 사 버렸고, 아직도 계속 사들이고 있다네. 급기야 빚을 내서까지 사들이더니 그 물건들을 주체할 수 없어서 쩔쩔매고 있어. 일주일 후에는 빚을 갚아야 하는데 나는 녀석의 물건들을 전부 못쓰게 만들어 놓을 작정이야. 그러면 빚을 갚을 길이 없어진 그 녀석은 자기 아버지에게로 달려갈 거야."

자기 자랑을 마친 두 번째 도깨비는 이반에게 다녀온 셋째 도깨비에게 물었다.

"네 일은 어떻게 됐어?"

"이상하게 내 일은 잘 안 풀리네. 나는 먼저 배탈을 나게 할 작정으로 그 녀석이 마시는 크바스(곡류로 만든 러시아 맥주) 주전자에 침을 잔뜩 뱉어 놓은 다음 그 녀석의 밭으로 가서 땅을 돌처럼 딱딱하게 만들어 버렸지. 그러면 녀석은 절대 밭을 갈지 못할 줄 알았어. 그런데 이 바보 녀석은 쟁기를 들고 가더니 밭을 갈아 버리는 거야. 배가 아파서 끙끙거리면서도 계속 밭을 갈더라고. 그래서 나는 그 녀석의 쟁기를 부숴 놓았지. 그랬더니 그 녀석은 집에 가서 딴 쟁기를 가지고 와서 다시 밭을 갈기 시작하는 거야. 이번에 나는 땅 속으로 들어가서 쟁깃날을 붙잡아 보려고 안간힘을 썼지만 내 손만 이리저리 베이고 말았어. 그러는 사이 녀석은 밭을 거의 다 갈고 이제는 한 고랑만 남았지 뭐야. 그러니 너희들이 와서 나를 좀 도와줘야겠어. 우리가 그 녀석 하나를 때려잡지 못하면 모든 일이 허사가 되고 말거야. 만약 그 바보가 끝내 농사를 짓게 되면 다른 형제들도 별로 어렵지 않게 살게 될 거야. 그 녀석이 두 형들을 부양할 테니 말이야.

결국 세몬을 맡았던 도깨비가 내일 도우러 가겠다고 약속하고 작은 도깨비들은 일단 헤어졌다.

3

이반은 힘이 들었지만 묵혀 두었던 밭을 거의 다 갈고 이제 한 고랑만 남겨 놓았다. 그것마저도 갈아 버릴 생각으로 이반은 늙은 암말을 타고 밭으로 갔다. 배가 아파서 참을 수가 없었지만 이반은 꾹 참고 암말의 고삐를 쥐고 쟁기로 밭을 갈기 시작했다. 고랑을 따라 한 번 갔다가 되돌아오려고 하는데 마치 나무뿌리에 걸린 것처럼 쟁기가 나가지 않았다. 도깨비가 두 팔로 쟁기를 잡아당기고 있었기 때문이었다.

'이상하네. 아까 갈고 지나갈 때는 아무것도 걸리는 게 없었는데, 혹시 나무뿌리인가?'

이반은 이상하게 생각하며 흙 속으로 손을 넣어 보았다. 그러자 뭔가 뭉클한 것이 손에 닿았다. 이반은 있는 힘껏 그것을 뽑아냈다. 나무뿌리처럼 보였지만 꿈틀거리기에 자세히 살펴보니 그것은 살아 있는 작은 도깨비였다.

"아니, 뭐 이런 게 다 있어? 빌어먹을 놈!"

이반은 도깨비를 집어 들어 쟁기 부리에 내리쳐 박살을 내려고 했다. 그러자 도깨비가 비명을 지르면서 애원했다.

"제발 살려 주세요. 그 대신 무엇이든 시키는 대로 할게요."

"그래 뭘 할 수 있는데?"

"뭐든 말씀만 하세요."

이반은 잠시 머리를 긁다가 말했다.

"지금 배가 몹시 아픈데 낫게 할 수 있겠어?"

"그럼요, 할 수 있지요."

"어디 그럼 해 봐."

도깨비는 몸을 구부리고 앉아 손톱으로 흙 속을 이리저리 뒤지더니 세 가닥으로 뻗친 나무뿌리 하나를 뽑아서 이반에게 주었다.

"이걸 드세요. 이 뿌리만 드시면 어떤 병이라도 낫습니다."

이반은 뿌리를 받아서 씹어 먹었다. 그러자 정말 신통하게도 배가 아프지 않았다. 도깨비는 다시 애원하기 시작했다.

"이제는 제발 놓아 주세요. 그러면 땅 속으로 들어가서 다시는 나오지 않겠습니다."

"좋아, 가라!"

이반의 말이 떨어지자마자 물속으로 떨어지는 돌멩이처럼 도깨비는 땅 속으로 사라져 버렸고 그 자리에는 구멍 하나만 남아 있을 뿐이었다. 이반은 먹고 남은 나무뿌리를 모자 속에 집어넣고 하던 일을 계속했다. 밭 갈기가 끝나자 이반은 쟁기를 뒤집어 놓고 집으로 돌아왔다. 말을 풀어 놓고 집 안으로 들어가니 맏형인 세몬이 그의 아내와 함께 저녁을 먹고 있었다. 세몬은 영지를 모두 몰수당하고 간신히 감옥에서 도망쳐 나와 아버지한테 얹혀살려고 달려온 것이었다.

세몬은 이반이 들어오자 반갑게 맞으며 말했다.

"너와 함께 살려고 왔다. 새로운 자리가 생길 때까지 나와 집사람을 좀 거둬다오."

"그러세요. 염려 말고 여기서 사세요."

그렇게 말하고 이반이 막 의자에 앉으려는데 이반에게서 나는 냄새가 형수의 기분을 상하게 했다. 그녀는 남편에게 말했다.

"고약한 냄새가 나서 같이 식사를 못하겠어요."

그러자 세몬이 동생에게 말했다.

"집사람이 네 몸에서 나는 냄새가 싫다고 하니 너는 문간에서 먹었으면 좋겠구나."

"알겠습니다. 마침 밤일도 나갈 시간이고, 말에게 먹이도 줘야 하니 문간으로 나갈게요."

이반은 빵과 외투를 들고 밖으로 나갔다.

4

그날 밤 세몬을 맡은 첫째 도깨비는 일을 마치고 약속대로 셋째 도깨비를 도와 이반을 골탕 먹이러 찾아왔다. 하지만 밭에서 한참을 찾아다녔지만 어디에서도 이반을 맡은 셋째 도깨비를 발견할 수 없었다. 다만 구멍만 하나 발견했을 뿐이었다.

'아무래도 셋째 도깨비에게 좋지 않은 일이 생겼나 보군. 그렇다면 내가 대신 할 수밖에 없지. 밭은 벌써 다 갈았으니 이제는 목장에 가서 그 바보를 괴롭혀야겠어.'

도깨비는 이반의 목장 목초지에 가서 큰물이 들어오게 만들었다. 풀밭은 진흙바닥이 되고 말았다. 밤 순찰을 마치고 난 이반은 큰 낫을 들고 풀을 베러 나갔다. 이반은 목초지에 도착하자 곧바로 풀을 베기 시작했다. 그런데 여느 때와는 달리 한두 번만 낫질을 하면 금방 날이 무뎌져 풀이 잘리질 않았다. 진흙 바닥에 낫이 자꾸 걸리기 때문이었다.

"안 되겠어. 집에 가서 숫돌을 가져와야겠어. 가는 김에 빵도 좀 가져와야지. 일주일이 걸리더라도 풀을 다 베기 전에는 여기를 떠나지 말아야겠다."

도깨비는 이 말을 듣고 잠시 생각에 잠겼다.

'제기랄, 이 녀석은 진짜 멍청하군! 안 되겠다, 다른 수를 써야겠어.'

이반은 돌아와서 숫돌에 낫을 갈아가면서 다시 풀을 베기 시작했다. 도깨비는 풀 속으로 숨어들어 낫을 붙잡고 날이 진흙 속에 처박히게 만들었다. 힘은 들었지만 이반은 풀을 거의 다 베었다. 이제는 늪 주변의 풀만 남았다. 도깨비는 늪 속으로 숨어 들어가면서 이렇게 결심했다.

'손가락이 잘리는 한이 있더라도 저 놈이 절대로 풀을 베지 못하도록 낫을 꼭 붙잡아 보자.'

이반은 늪으로 갔다. 그런데 생각처럼 쉽게 풀이 잘 베어지질 않았다. 화가 난 이반은 있는 힘껏 낫질을 해댔다. 도깨비도 도저히 이겨낼 수가 없었다. 낫을 피하기조차 힘들어서 덤불 속으로 숨어 버렸다. 이반은 더욱더 힘껏 낫을 휘둘렀고 그 바람에 도깨비의 꼬리가 절반이나 잘려 나갔다. 그리하여 도깨비의 갖은 노력이 무색하게도 이반은 모든 풀을 다 베고 말았다. 이반은 누이동생에게 베어 놓은 풀들을 긁어모으게 한 후, 이번에는 큰 낫을 들고 호밀을 베러 갔다.

이반이 호밀밭에 갔더니 꼬리 잘린 도깨비가 이미 호밀을 마구 짓밟아 놓았기 때문에 큰 낫으로는 도저히 벨 수가 없었다. 이반은 다시 작은 낫을 가지고 와서 베기 시작했다. 호밀을 금세 다 베고 난 이반은 땀을 닦으며 말했다.

"자, 이번에는 귀리를 베면 되겠다."

꼬리 잘린 도깨비는 이 말을 듣고 이렇게 생각했다.

'귀리 밭에서는 진짜 골탕을 먹여야지. 어디 내일 아침에 두고 보자!'

이튿날 아침 도깨비는 귀리 밭으로 달려갔으나 귀리는 이미 다 베어져 있었다. 다 익은 귀리가 밤새 떨어질까 봐 이반이 잠도 자지 않고 베었던 것이다. 도깨비는 화가 치밀어 올랐다.

"저 바보 녀석이 내 꼬리도 잘라 놓고 이제 나를 골탕까지 먹이네. 전쟁터에서도 이처럼 힘들지 않았는데 저 녀석은 밤에 잠도 자지 않으니 당할 재간이 없구나. 이번에는 호밀 더미에 숨어 들어가 모두 썩게 만들어 버려야지."

도깨비는 호밀 더미 속으로 숨어들어 호밀을 썩히기 시작했다. 그런데 호밀 더미를 썩히기 위해 따뜻하게 덥히다가 자기도 모르게 그 속에서 잠이 들고 말았다.

이반은 암말에 수레를 채우고 여동생과 함께 호밀을 나르러

왔다. 두어 단 정도 걷어내 수레에 싣고 다시 갈퀴질을 했더니 자고 있던 도깨비가 걸려 올라왔다. 꼬리 잘린 도깨비는 갈퀴에 끼어 버둥거리면서 빠져나가려고 애를 쓰고 있었다.

"아니, 이런 나쁜 놈. 또 나타났네?"

"아닙니다. 그건 제가 아니라 제 친구였습니다. 저는 당신의 형 세묜에게 붙어 있던 놈입니다."

"네가 어떤 놈이건 똑같이 혼을 내 주겠다."

이반이 땅바닥에 내리쳐 박살을 내려고 하자 도깨비가 애원하기 시작했다.

"한 번만 놓아 주세요. 다시는 오지 않겠습니다. 놓아 주신다면 당신이 바라는 것은 무엇이든 해 드리겠습니다."

"그래, 무엇을 할 수 있다는 거냐?"

"원하신다면 무엇으로라도 군대를 만들 수 있습니다."

"그런 건 내게 쓸데가 없는데?"

"왜 쓸데가 없겠습니까. 군인들에게 무슨 일이든 시키시면 되는 걸요."

"그럼 노래를 시켜 볼까?"

"그럼요, 할 수 있지요."

"좋다, 어디 한번 해 봐라."

그러자 도깨비가 말했다.

"이 호밀 한 단을 들어 땅 위에 세워 놓고 흔들면서 '내 종의 명령이니 호밀짚 수만큼 군인이 되어라.'라고만 말하십시오."

이반은 도깨비가 말한 대로 해 보았다. 그러자 호밀단이 낱낱이 흩어지더니 수많은 군인이 되면서 북을 치고 나팔을 부는 것이었다. 이반은 웃음을 터뜨렸다.

"네 놈은 여간 재주꾼이 아니구나. 아이들이 보면 아주 좋아하겠는걸!"

"그럼 이제 저를 놓아주시는 거죠?"

"안 돼. 호밀로 군대를 만들면 뭐 해, 곡식만 버리는 꼴이지. 그러니 다시 호밀로 되돌려 놓는 방법을 알려 주어라."

그러자 도깨비가 말했다.

"그러면 '군인들의 수만큼 호밀로 변해라. 내 종의 명령이다.'라고 말씀하시면 됩니다."

이반이 그대로 말하자 다시 호밀 다발이 되었다. 도깨비는 다시 애원하기 시작했다.

"이제는 제발 저를 좀 놓아주세요."

"그래, 좋아. 가거라."

이반은 도깨비를 갈퀴에서 빼 주었다. 그러자 이반의 말이 채 끝나기도 전에 도깨비는 물속으로 던져진 돌멩이처럼 눈 깜짝할 사이에 땅 속으로 들어가 버렸고, 그 자리엔 구멍만 하나 생겼을 뿐이었다.

이반은 집으로 돌아왔다. 집에는 둘째 형인 타라스가 아내와 함께 저녁을 먹고 있었다. 타라스는 빚을 갚지 못하자 살던 곳에서 몰래 도망쳐 아버지를 찾아온 것이었다. 그는 이반을 보자이렇게 말했다.

"이반, 내가 다시 장사를 시작할 때까지 집사람하고 나를 좀거두어 다오."

"그럼요, 그렇게 하세요."

이반은 겉옷을 벗고 식탁에 앉았다. 그러자 타라스의 아내가얼굴을 찌푸리며 입을 열었다.

"나는 바보와 같이 밥을 먹을 수가 없어요. 냄새도 너무 고약하단 말이에요."

그러자 타라스가 말했다.

"이반, 네 몸에서 땀 냄새가 많이 나는구나. 저기 문간에 가서먹어라."

이반은 빵을 가지고 밖으로 나가면서 대답했다.

"네, 그러죠 뭐. 그렇지 않아도 밤일을 나갈 시간이 되었어요.말에게도 먹이를 주어야 하고요."

5.

타라스를 맡았던 도깨비도 그날 밤에 일이 끝나 약속한 대로 친구를 도와 이반을 골탕 먹이려고 밭으로 달려왔다. 밭에 나가 여기저기에서 친구를 불러보았으나 구멍 하나만 남아 있을 뿐 어디에서도 찾을 수 없었다. 목초지의 늪에서는 잘린 동료의 꼬리만 발견했을 뿐이었다. 그리고 호밀을 베어 낸 자리에서 또 하나의 구멍을 발견했다.

'아무래도 친구들에게 나쁜 일이 생긴 모양이다. 그렇다면 내가 대신 그 바보 녀석을 혼내 줘야지.'

도깨비는 이렇게 생각하고 이반을 찾으러 갔다. 그러나 이반은 벌써 밭일을 마치고 숲 속에서 나무를 베고 있었다. 이반의 두 형들이 같이 사는 게 좁으니 살 집을 지어달라고 부탁했기 때문이었다.

　도깨비는 숲 속으로 달려가 이반의 나무 베기를 방해하기 시작했다. 이반은 옮기기 쉽게 아무것도 없는 빈 땅으로 나무를 쓰러뜨리려고 했다. 하지만 이상하게도 다른 방향으로 쓰러지는 바람에 자꾸 다른 나뭇가지에 걸리는 것이었다. 이반은 지렛대로 만들어 여기저기로 방향을 틀어 겨우 나무를 올바른 방향으로 쓰러뜨렸다. 이반은 다른 나무를 베었다. 마찬가지로 가까스로 나무를 쓰러뜨렸다. 세 번째 나무 역시 쉽게 쓰러뜨리기 힘들었다.

　이반은 오늘 50그루쯤 벨 생각이었다. 그러나 고작 10그루도 베지 못했는데 날이 어두워졌고 몸도 많이 지쳐 있었다. 이반의 몸에서는 마치 숲에서 안개가 피어오르는 것처럼 김이 무럭무럭 났지만 그는 쉬지 않고 계속 일을 했다. 다시 한 그루를 어렵게 베어 눕혔다. 그러자 힘이 빠지고 등이 쑤시기 시작해서 더 이상 도끼질을 할 수가 없었다. 그래서 도끼를 나무에 내리쳐 박아 놓고 자리에 앉아 쉬었다. 도깨비는 이반이 잠잠해진 것을 보고 기뻐했다.

　'그러면 그렇지, 저 놈도 지쳤군. 이젠 나도 좀 쉬어 보자.'

　도깨비는 나뭇가지에 걸터앉아 기뻐하면서 쉬고 있었다. 그런데 이반은 곧장 일어나서 도끼를 들더니 반대쪽에서 나무를 내리쳤다. 나무는 금세 우지직 소리를 내며 곧바로 쓰러졌다.

워낙 갑자기 일어난 일이라 도깨비는 몸을 피할 겨를도 없이 우왕좌왕하다가 쓰러진 나무 밑에 손이 끼고 말았다. 도깨비를 보자 이반은 깜짝 놀랐다.

"아니, 이런 고약한 놈. 또 나타났구나!"

"아닙니다. 그건 제가 아니에요. 저는 당신의 형 타라스에게 붙어 있던 놈입니다."

"아무튼, 네놈이 누구든 혼쭐을 내줄 테다."

이반은 도끼를 번쩍 치켜들며 도깨비를 죽이려고 했다. 도깨비는 싹싹 빌며 애원했다.

"제발 저를 죽이지 마세요. 무엇이든 할 테니 제발 저 좀 살려 주세요."

"너는 또 무엇을 할 수 있는데?"

"저는 당신이 원하는 만큼 돈을 만들 수 있습니다."

"그럼, 어디 한번 해 봐."

도깨비가 말했다.

"이 떡갈나무 잎을 두 손으로 비벼 보세요. 그러면 금화가 땅에 떨어질 것입니다."

이반은 나뭇잎을 문지르기 시작했다. 그랬더니 과연 누런 금화가 후두두 떨어졌다.

"오, 아이들하고 이렇게 놀아 주면 좋아하겠다."

도깨비가 말했다.

"이제 저를 놓아주시는 거죠?"

"좋아, 가거라."

이반은 지렛대를 들고 도깨비를 나무 밑에서 빼 주었다.

"잘 가라."

이반의 말이 떨어지자마자 도깨비는 구멍 하나만 남기고 물 속으로 돌이 사라지듯이 땅속으로 꺼져 버렸다.

6.

두 형은 집을 지어 따로 살게 되었다. 이반은 밭일을 다 마치자 맥주를 빚고 잔치를 열어 형님들을 초대했다. 그러나 형들은 이반의 초대를 무시하며 이렇게 말했다.

"농부들이 벌이는 잔치에 가서 뭐 하겠어?"

이반은 농부들과 아낙네들을 잔치에 불러 음식을 대접하고 자기도 마셨다. 그리고 술이 거나하게 취하자 춤판이 벌어진 길거리로 나갔다. 이반은 춤을 추던 여자들에게 다가가 자기를 칭찬해 주면 신기한 구경거리를 보여 주겠다고 말했다. 여자들은 모두 즐겁게 웃으며 그를 칭찬하고는 빨리 보여 달라고 말했다.

"잠시만 기다려요. 내가 곧 가져올게요."

이반은 씨앗 바구니를 가지고 숲 쪽으로 뛰어갔다. 여자들은 그 광경을 보고 그저 이반이 또 바보짓을 하나 보다 하면서 자연스럽게 잊어버렸다.

잠시 후 이반은 무엇인가를 가득 채운 씨앗 바구니를 들고 돌아왔다.

"나누어 줄까요?"

"그래, 줘 봐."

이반은 금화를 한 움큼 쥐어 여자들에게 뿌렸다. 갑자기 소란이 일어났다. 여자들이 서로 금화를 주우려고 몰려들었던 것이다. 농부들도 앞을 다투어 몰려왔고 금화를 잡으려고 난장판이 되었다. 이반은 껄껄거리며 이 광경을 보고 있었다. 하지만 사람들이 한꺼번에 몰려드는 바람에 어떤 노파는 깔려 죽을 뻔했다.

"이런 바보들. 노인이 깔릴 뻔했잖아요. 더 줄 테니 싸우지 말아요."

그는 다시 금화를 뿌리기 시작했고 더 많은 사람들이 몰려왔다. 상자에 있는 것을 모두 뿌렸지만 사람들은 더 달라고 난리였다. 이반이 말했다.

"이제는 없습니다. 다음에 또 주지요. 자, 이제는 춤을 출까요. 재미있는 노래를 불러 봐요."

여자들은 노래를 부르기 시작했다.

"노래가 재미없네요."

"그럼 어떤 노래가 더 좋겠어요?"

"내가 보여 줄게요."

이반은 그렇게 말하고 헛간으로 가서 호밀 단을 들어 알곡을 털어 낸 후 세워 놓고 흔들면서 말했다.

"내 종의 명령이다. 호밀짚 수만큼 군인이 되어라."

호밀 단이 흩어지면서 군인이 되더니 북과 나팔을 불었다. 이 반은 군인들에게 노래를 부르라고 명령하고 그들과 함께 거리로 행진했다. 사람들은 깜짝 놀랐다. 군인들은 신나게 행진곡을 연주하며 노래를 불렀다.

노래가 끝나자 이반은 사람들에게 자기를 따라와서는 안 된 다고 말하고는 군인들을 데리고 헛간으로 갔다. 이반은 군인들을 원래대로 호밀 단으로 만들어 건초 더미 위에 던진 후 집으로 돌아와 잠들었다.

7

다음 날 아침, 맏형인 세몬이 이 소문을 듣고 이반을 찾아왔다.

"말 좀 해 봐라. 도대체 그 군사를 어디서 끌고 와서 어디로 데려갔니?"

"그걸 어디에 쓰려고요?"

"어디에 쓰다니! 군사만 있으면 뭐든지 할 수 있어. 나라도 세울 수도 있다고."

이반은 깜짝 놀랐다.

"그럼 진작 말씀하시지 그랬어요. 원하는 만큼 만들어 드리죠."

이반은 세몬을 헛간으로 데리고 가서 이렇게 말했다.

"원하는 대로 만들어 드리겠지만 군인들을 데리고 떠나야 해요. 그렇지 않으면 그 많은 군인들 때문에 마을의 곡식이 동나고 말 거예요."

세몬이 그러겠다고 약속하자 이반은 군인들을 만들어 내기 시작했다. 이반이 호밀 단을 흔들며 중얼거리자 1개 중대가 생겼고 한 번 더 흔드니 1개 중대가 더 생겼다. 이반은 온 들판을 가득 메울 만큼 많은 군대를 만들어 냈다.

"어때요? 이제는 됐나요?"

세몬은 기뻐서 날뛰며 말했다.

"됐어. 이만하면 충분하구나. 고맙다, 이반."

"뭘요, 더 필요하면 언제든지 오세요. 호밀 단도 충분하니 얼마든지 만들어 드릴게요."

세몬은 군대를 집합시켜 행렬을 갖추고 전쟁터로 나갔다. 군인인 세몬이 떠나자 이번에는 배불뚝이 타라스가 어제 일을 듣고 찾아왔다. 타라스도 이반에게 간청하기 시작했다.

"금화를 어디서 가져왔니? 만일 내게 그렇게 마음대로 쓸 수 있는 돈이 있었다면 그걸 밑천으로 세상 돈을 다 모았을 텐데!"

이반은 깜짝 놀랐다.

"그래요? 진작 말씀을 하시지. 형님이 원하는 대로 만들어 드릴게요."

형은 매우 기뻐하며 말했다.

"나는 세 바구니만 있으면 된다."

"알겠어요. 자, 숲 속으로 가시죠. 말을 준비해야 해요. 무거워서 다 들고 올 수도 없을 테니까요."

두 형제는 숲으로 갔다. 이반은 떡갈나무 잎을 따서 문지르기 시작했다. 금화가 우수수 떨어져 수북이 쌓였다.

"이만하면 돼요?"

타라스는 기뻐서 어쩔 줄을 몰랐다.

"우선은 이걸로 충분하다. 고맙다, 이반."

"더 필요해지면 언제든지 오세요. 나뭇잎은 많으니 얼마든지 만들어 드릴게요."

배불뚝이 타라스는 말에다 금화를 가득 싣고 장사를 하러 떠났다.

이렇게 하여 두 형들은 집을 떠났다. 군인인 세몬은 전쟁터로 가서 두 나라를 정복했고, 배불뚝이 타라스는 장사에 성공해 큰 돈을 벌었다.

그러던 어느 날 세몬은 타라스와 만나 어떻게 해서 군대를 얻게 되었는지 말했고, 타라스도 어디서 돈을 모으게 되었는지 숨김없이 털어놓았다.

세몬이 타라스에게 말했다.

"나는 두 나라를 정복해서 좋기는 한데 늘 돈이 부족해. 군대를 먹여 살리는 데 많은 돈이 들거든."

그러자 배불뚝이 타라스가 말했다.

"저는 돈은 많이 벌었는데 그걸 지켜 줄 사람이 없어서 불안해요."

그때 세몬이 말했다.

"이반에게 찾아가 보자. 나는 녀석에게 군대를 더 만들어 달라고 해서 네게 줄 테니 너는 그 군대로 돈을 지켜라. 대신 너는 내 군대를 먹여 살릴 돈을 이반한테 받아 내게 주고."

두 형제는 이반을 찾아왔다. 먼저 세몬이 말했다.

"이반아, 아무래도 군대가 좀 모자라는구나. 한두 중대라도 좋으니 군사를 더 만들어 다오."

"그럴 수 없습니다. 형님에겐 더 이상 군대를 만들어 드리지 않겠어요."

"왜 그러니? 전에는 필요할 땐 얼마든지 만들어 주겠다고 말했잖아?"

"그랬죠. 그렇지만 이제는 더 이상 만들어 드리지 않겠어요."

"도대체 왜 그러니, 이 바보 녀석아!"

이반이 말했다.

"왜냐하면 형님의 군대가 사람을 죽였기 때문이에요. 얼마 전에 길가에 있는 밭을 갈고 있는데 한 부인이 관을 싣고 가면서 통곡을 하더군요. 그래서 누가 죽었냐고 물었죠. 그랬더니 그 부인이 '세몬의 군대가 전쟁터에서 내 남편을 죽였습니다.'라고 말하는 거예요. 전 군대가 노래나 부르는 줄 알았는데 사람을 죽이다니. 저는 이제 군대를 만들지 않기로 결심했어요."

이번에는 타라스가 이반에게 금화를 더 만들어 달라고 사정했다. 이반은 고개를 저었다.

"이제 더 이상 금화도 만들지 않겠어요."

"왜? 네가 저번에 얼마든지 만들어 주겠다고 말했잖아?"

"약속은 했었죠. 하지만 이제는 더 이상 만들지 않겠어요."

"이 바보야, 도대체 왜 그러는 거야?"

"왜냐하면 형님의 금화가 미하일로프네 암소를 빼앗아 갔기 때문이죠."

"뭐? 내 금화가 뭘 빼앗았다고?"

"미하일로프 집에는 암소 한 마리가 있었는데 그 집 아이들은 그 우유를 마시고 컸어요. 그런데 얼마 전에 그 아이들이 제게 찾아와서 우유를 좀 달라는 거예요. 그래서 나는 '너희 집도 암소가 있잖니?' 하고 물었더니, 아이들은 '타라스의 하인이 찾아와서 엄마에게 금화 세 닢을 주고 그 암소를 끌고 가 버렸어요.' 라고 말했지요. 이제 그 아이들이 먹을 우유가 없는 겁니다. 나는 형님이 금화를 장난감으로 쓸 줄 알았는데, 아이들의 암소를 빼앗는 데 썼더군요. 저는 더 이상 형님에게 금화를 만들어 드리지 않겠습니다."

결국 두 형들은 빈손으로 그곳을 떠났다. 돌아가는 길에 새로운 방법을 궁리하던 형제는 나름대로의 해결책을 마련할 수 있었다.

"이렇게 하는 게 어떨까? 네가 나에게 군대를 먹여 살릴 돈을 주면 나는 네 재산을 지켜주도록 내 군대의 절반을 줄게."

타라스도 동의했다. 두 형제는 군대와 돈을 절반씩 맞바꾸는 방법으로 힘을 키워 나라 하나씩을 차지하며 각자 왕이 되었고, 더욱더 부자가 되었다.

8

이반은 줄곧 한집에서 살면서 부모를 모셨고, 벙어리 여동생과 열심히 농사를 지었다.

그러던 어느 날 이반네 집의 늙은 개가 병들어 죽을 지경이 되었다. 이반은 개가 불쌍해서 배라도 부르게 해 줄 생각으로 여동생에게 빵을 얻어 개에게 주었다. 그런데 개가 모자 속에 있던 나무뿌리 한 가닥까지 함께 먹더니 병이 깨끗이 나아 버렸다. 부모들은 깜짝 놀랐다.

"어떻게 병든 개를 고쳤니?"

그러자 이반이 말했다.

"저는 어떤 병이든 고칠 수 있는 뿌리를 두 가닥 가지고 있었는데 한 가닥을 이 녀석이 먹어 버렸네요."

그 무렵 그 나라의 공주가 병에 걸려 앓아누웠다. 임금님은 방방곡곡에 방을 붙여 누구든 공주의 병을 고치는 자에게는 큰 상을 내릴 것이며, 만일 그 사람이 총각이라면 사위로 삼겠다고 하였다. 이반이 사는 마을에도 이 소식이 알려졌다.

부모는 이반을 불러 놓고 말했다.

"너도 소식을 들었지? 네게 모든 병을 고치는 나무뿌리가 있다고 했으니, 가서 공주의 병을 고쳐 보아라. 그러면 너는 평생 영화를 누리게 될 게 아니냐."

"알겠습니다. 그렇게 해 보겠습니다."

이반은 곧바로 떠날 채비를 했다. 이반의 부모들은 그에게 나들이옷도 입혀 주었다. 이반이 길을 떠나려고 문간을 나서는데 어떤 손이 굽은 여자 거지가 말을 걸었다.

"당신은 무슨 병이든 다 고칠 수 있다고 들었습니다. 제발 제 손도 좀 고쳐 주세요. 저는 손이 이래서 신발도 제대로 신지 못한답니다."

"그러지요."

이반은 나무뿌리를 꺼내어 여자 거지에게 주며 잘 씹어 삼키라고 말했다. 그러자 여자 거지의 병이 말끔히 나으면서 그 자리에서 손을 마음대로 움직일 수 있었다. 아버지와 어머니는 하나밖에 남지 않은 나무뿌리를 여자 거지에게 주는 바람에 공주를 고칠 수 없게 되었다는 사실을 알고 이반을 꾸짖기 시작했다.

"거지가 불쌍하다고 나무뿌리를 주어 버리면 공주님은 어떡
하느냐?"

이반이 생각해 보니 공주도 마찬가지로 가엾게 생각되었다.
이반은 얼른 말에 수레를 채우고 짚을 실은 다음 길을 떠날 준
비를 했다. 부모가 물었다.

"도대체 지금 어디로 가려는 거냐! 이 바보 녀석아!"

"공주님을 고쳐 드리러 가야죠."

"하지만 너에게는 공주님을 고칠 나무뿌리가 없지 않느냐?"

"걱정하지 마세요."

이반은 이렇게 말하고 궁궐로 향했다. 그런데 이반이 궁궐
에 도착해 층계에 발을 딛자마자 공주의 병이 나아 버렸다. 임
금님은 크게 기뻐하며 이반을 불러들여 좋은 옷을 입혀 주면서
말했다.

"그대는 이제부터 짐의 사위로다."

"황공하옵니다."

그리하여 그는 공주와 결혼을 했다. 게다가 얼마 후 임금이
세상을 떠나자 자연스럽게 이반이 임금이 되었다. 이리하여 세
형제 모두 왕이 될 수 있었다.

9

세 형제는 각자 나라를 다스리며 살았다.

맏형인 군인 세몬은 나라를 강대국으로 만들었다. 그는 이반이 짚으로 만들어 준 군대로 힘을 키워 진짜 군인들을 모집했다. 그는 명령을 내려 열 집마다 한 명씩 강제로 군인을 뽑았는데 그 군인은 키가 커야 하고 살갗이 희며 얼굴이 잘생겨야 했다. 그는 이렇게 모집한 군인들을 엄격하게 훈련시켰으며 혹시 그에게 대항하는 자가 있으면 이들을 보내 무자비하게 진압했다. 그래서 모든 사람들은 그를 두려워했다.

세몬의 생활도 매우 풍요로웠다. 그가 생각하는 것, 눈에 보이는 것은 당장 자기 것으로 만들었다. 명령만 내리면 군대가 쳐들어가 무엇이든 빼앗아 왔기 때문이었다.

배불뚝이 타라스도 큰 부자가 되었다. 그는 이반에게 얻은 돈을 밑천으로 큰 재산을 모았다. 그는 자기 돈은 꽁꽁 숨겨 두고 교묘한 법을 만들어 백성들로부터 돈을 뜯어냈다. 인두세, 주세, 결혼세, 장례세, 통행세, 거마세뿐 아니라 신발세, 양말세, 복장세에 이르기까지 고안할 수 있는 온갖 세금을 다 물렸다. 돈이 없는 백성들은 세금 대신 무엇이든 갖다 바쳐야 했고, 그것마저도 없으면 강제 노동을 해야 했다.

바보 이반의 생활도 나쁘지는 않았다. 장인의 장례가 끝나자 그는 임금 복장을 벗어 왕비의 옷장에 넣어 두고 다시 삼베옷에 짚신을 신고 일을 시작했다.

"도무지 따분해서 못 견디겠어. 일을 안 하니 배만 자꾸 나오고 입맛도 없고 잠도 오지 않아."

이반은 그의 부모와 벙어리 여동생을 불러와서 옛날처럼 다시 일을 시작했다. 그러자 신하들이 몰려와 그에게 말했다.

"당신은 임금인데 왜 일을 하십니까?"

"임금도 먹어야 살 거 아닌가!"

어느 날은 대신이 들어와 이렇게 말했다.

"신하들에게 봉급으로 줄 돈이 없습니다."

"할 수 없지. 돈이 없다고 그대로 말하시오."

"그러면 신하들은 일을 하지 않을 것입니다."

"나라 일은 안 해도 좋소. 그들은 결국 자유롭게 자기 일을 하게 될 테니까. 거름이나 가져오라고 하시오. 아마 거름은 많이 만들어 놓았을 거요."

백성들이 이반에게 재판을 해 달라고 찾아왔다. 한 사람이 이렇게 말했다.

"이놈이 내 돈을 훔쳤습니다."

그러자 이반이 말했다.

"그래? 그렇다면 저 사람이 돈이 필요해서 그랬겠지."

이반의 기이한 행동을 보고 사람들은 그가 바보라는 사실을 알게 되었다. 왕비도 이반에게 말했다.

"모두들 당신이 바보라고 말한답니다."

"난 괜찮아요."

이반의 아내는 생각에 생각을 거듭한 끝에 남편이 바보인 만큼 자신도 바보라고 생각했다. 그리고 그녀는 이렇게 결심했다.

'내가 어찌 남편의 뜻을 거스를 수 있겠어? 바늘이 가는 대로 실이 따라가는 게 맞지.'

그녀도 왕비의 옷을 벗어 옷장 속에 넣어 두고 벙어리 처녀에게 농사일을 배우러 갔다. 일을 다 배운 다음에는 남편을 돕기 시작했다.

이반의 나라에서 똑똑한 사람들은 모두 떠나 버렸다. 남은 사람들은 모두 바보들뿐이었고 그들은 돈이란 걸 가지고 있지 않았다. 모두들 스스로, 혹은 서로서로 도우며 일을 해서 먹고살았다.

10

큰 도깨비는 작은 도깨비들이 어떻게 세 형제를 파멸시켰는지 알고 싶어 미칠 지경이었지만 아무런 소식도 들려오지 않았다. 그래서 어찌 된 까닭인지 알아볼 양으로 직접 나서서 이곳저곳 찾아다녀 보았지만, 발견한 것은 구멍 세 개뿐이었다.

"아무래도 실패한 모양이군. 그렇다면 내가 직접 나설 수밖에 없지."

큰 도깨비는 이반 형제를 찾아갔으나 그들은 이미 옛날에 살던 곳에는 없었다. 그는 세 형제를 각기 다른 곳에서 찾아냈다. 셋은 모두 건재했고 각자의 나라를 다스리고 있었다. 큰 도깨비는 화가 치밀어 올랐다.

큰 도깨비는 먼저 장군으로 위장하고 군인인 세몬의 나라로 찾아갔다.

"왕께서는 훌륭한 군인이라고 들었습니다. 저 또한 군대와 전쟁에 대해선 익힌 바가 있사와 전하를 섬기고자 합니다."

세몬은 그와 다방면으로 대화를 나눈 후 그를 직속 장군으로 삼아 곁에 두기로 결정했다. 새로 기용된 장군은 강력한 군대를 만드는 방법을 세몬 왕에게 건의하기 시작했다.

"첫째로 더 많은 군사를 모아야 합니다. 그렇지 않으면 이 나라에는 편안하게만 지내려는 백성이 너무 많아질 것입니다. 젊은 사람들은 누구를 막론하고 모두 징집해야 합니다. 그러면 폐하의 군대는 예전보다 다섯 배나 커질 것입니다. 둘째로 최신식 무기를 만드십시오. 소인은 마치 콩알을 사방으로 뿌리듯이 단번에 100발의 총알이 나가는 소총을 만들겠습니다. 그리고 무엇이나 태워 버릴 수 있는 대포도 만들겠습니다. 이 대포는 사람이나 성 가릴 것 없이 모든 것을 태워 버리고 말 것이옵니다."

세몬은 장군의 말대로 온 나라의 젊은이들을 모두 군대로 끌어들였고 공장을 세워 신식 소총과 대포를 만들었다. 그리고 곧장 이웃 나라로 쳐들어갔다. 전쟁이 시작되자마자 세몬은 적군을 향해 총포를 퍼부으라고 명령하여 단번에 절반을 불태워 버렸다. 이웃 나라 임금은 곧 항복하면서 자기 나라를 세몬에게 바쳤다. 세몬은 매우 기뻐하며 말했다.

"이제는 인도를 정복해야겠다."

전쟁 소식을 알고 있던 인도 왕은 세몬의 전술 전략을 완전히 파악한 후 자기 나름의 계략을 덧붙였다. 인도 왕은 젊은 청년뿐만 아니라 처녀들까지 모조리 군사로 뽑았다. 그 결과 인도의 군대는 세몬의 군대보다 훨씬 더 커졌다. 또한 인도 왕은 세몬이 가지고 있는 소총과 대포를 만드는 법을 이미 습득했을 뿐만 아니라 공중을 날아다니며 폭탄을 투하하는 방법까지 고안해 냈다.

세몬은 인도로 쳐들어갔다. 지난번 전쟁처럼 쉽게 이기리라 생각했다. 그러나 제아무리 좋은 낫이라 해도 언제까지 날카로운 건 아니었다. 인도 왕은 세몬 군대가 사정권 안까지 들어오지 못하게 하면서 여군들을 공중으로 띄워 보내 하늘에서 폭탄을 떨어뜨렸다. 여군들은 마치 진딧물에다가 약을 뿌리듯이 공중에서 세몬의 군대에 폭탄을 퍼붓기 시작했다. 세몬의 군대는 혼비백산하여 뿔뿔이 흩어졌고 나라를 빼앗긴 세몬만 간신히 도망쳐 나왔다.

세몬을 해치운 큰 도깨비는 다음으로 타라스의 나라로 갔다. 그는 상인으로 변장하여 타라스의 나라에 자리를 잡고, 모든 물건을 비싼 값으로 사 주자 온 백성들이 돈을 벌기 위해 몰려들었다. 돈이 생긴 백성들은 그동안 타라스에게 빚진 돈을 모두 갚았고 새로 내야 할 세금도 기한 내에 모두 바쳤다. 타라스는 매우 기뻐하여 상인을 칭찬했다. 세금이 잘 걷혀 재산이 더욱더 늘어나자 타라스는 새로운 궁전을 지을 계획을 세웠다.

타라스는 궁전을 지을 목재와 돌을 나르면 비싼 품삯을 주겠노라고 백성들에게 알렸다. 그는 백성들이 돈을 벌기 위해서 예전처럼 몰려올 것이라고 생각했다. 그런데 백성들은 목재며 돌을 모두 그 상인에게 팔아 버렸고 일꾼들도 그 사람 곁에서만 일했다. 타라스는 할 수 없이 품삯을 대폭 올렸지만 상인은 더 많은 돈을 뿌렸다. 타라스도 많은 돈을 가지고 있었지만, 상인이 그보다 더 많은 돈을 갖고 있었던 것이다. 궁전 공사는 중단되고 말았다.

타라스는 또한 정원을 만들겠다고 마음먹고 가을쯤에 백성들에게 명령을 내렸지만 아무도 오지 않았고 모두들 상인의 연못 파는 일에 몰려들었다.

겨울이 오자 타라스는 새로운 모피 코트를 만들기 위해 신하에게 검은담비 가죽을 사오라고 명령했지만 신하가 빈손으로 돌아와서 이렇게 말했다.

"그 상인이 모조리 사 버려서 가죽을 구할 수 없었사옵니다. 그자는 비싼 값으로 검은담비 가죽을 사들여 양탄자를 만들었다 하옵니다."

타라스는 종마가 필요해서 구해 오라고 명령했더니 신하가 돌아와서 말하기를 좋은 말들은 모두 그 자에게 있으며 그 말들은 상인의 연못을 채울 물을 나르고 있다고 말했다. 모든 백성은 타라스가 아니라 상인의 일만 했으며 그렇게 번 돈으로 임금에게 세금을 냈다.

그리하여 임금은 돈이 남아돌아 간수할 곳이 없을 정도였지만 생활은 점점 불편해지기 시작했다. 임금은 이제 어떤 계획도 세울 수가 없었고 오히려 당장 살아갈 방도를 찾아야 했다. 급기야 요리사들도, 하인들도, 마부도 모두 떠나 상인 쪽으로 가기 시작했고, 식량까지 떨어져 버렸다.

타라스는 매우 화가 나서 상인을 나라 밖으로 추방해 버렸다. 그러나 상인은 국경에 자리를 잡고 똑같은 일을 계속 했으므로 백성들은 여전히 임금에게 오지 않고 그에게 몰려갔다. 이제 타라스의 사정은 매우 심각해져서 며칠씩 굶기도 했다. 심지어 상인은 이제 왕비까지 사려 한다는 소문이 돌았다. 타라스는 주눅이 들어서 아무것도 하지 못한 채 전전긍긍하고 있었다.

그러던 어느 날, 군인인 세몬이 타라스를 찾아왔다.

"날 좀 도와다오. 나는 인도 왕에게 패배해서 도망 다니는 신세가 되었단다."

그러자 배불뚝이 타라스가 말했다.

"나도 벌써 이틀째 굶고 있어요."

11

큰 도깨비는 두 형제를 망쳐 놓고 이번에는 이반의 나라로 갔다. 장수로 둔갑한 큰 도깨비는 이반에게 찾아가 군대를 만들라고 권했다.

"군대가 없는 임금은 체통이 서지 않습니다. 명령만 내리시면 당장 훌륭한 군대를 만들어 드리겠습니다."

이반이 말했다.

"좋소, 한번 만들어 보시오. 그리고 군인들이 노래를 잘 부를 수 있도록 훈련 시키세요. 오랜만에 군인들의 노래를 듣고 싶군요."

큰 도깨비는 이반의 나라를 돌아다니면서 병사를 모집했다. 군대에 지원하는 자에게는 모두 보드카 한 병과 빨간 모자를 주겠다고 약속했다. 그러나 바보들은 코웃음을 치며 말했다.

"술은 우리에게도 많아. 직접 만드니까 말이야. 그리고 모자도 필요하면 여자들이 만들어 준다고. 알록달록한 것이든 레이스가 달린 것이든 말이야."

지원자가 한 명도 없자 큰 도깨비는 이반을 찾아가 다른 방법을 쓰겠다고 말했다.

"이 나라의 바보들은 스스로 군인이 될 생각이 없습니다. 그러니 강제로 모집할 수밖에 없습니다."

"그럼 그렇게 해 보시오."

큰 도깨비는 백성들이 모두 군인이 되어야 하며, 만약 명령을 거역하는 자는 임금께서 사형을 내릴 것이라고 엄포를 놓았다.

바보들은 장군에게 몰려가 이렇게 말했다.

"군대에 지원하지 않으면 사형을 내린다고 했는데, 그럼 군대에 지원하게 되면 어떻게 되는 겁니까? 군대에 가면 목숨을 잃을 수도 있잖아요."

"뭐, 그럴 수도 있지."

그러자 바보들이 체념한 듯 말했다.

"그렇다면 우리는 군인이 되지 않겠습니다. 어차피 죽을 거라면 차라리 집에서 죽는 게 나을 테니까요."

"정말 바보 같은 놈들이구나. 군인이 된다고 해서 반드시 죽는 건 아니지만 명령을 어기면 이반 왕에게 반드시 죽게 될 것이다."

바보들은 곰곰이 생각해 보다가 이반 왕에게 달려갔다.

"장군이 우리들에게 모두 군인이 되라고 명령했습니다. 군대에 가면 죽을지 살지는 모르지만, 나가지 않으면 이반 왕께서 우리를 사형에 처한다고 말씀하셨다는데 그게 사실이옵니까?"

이반은 껄껄 웃었다.

"어떻게 나 혼자서 그대들을 전부 죽일 수 있겠느냐? 내가 바보가 아니었다면 그대들에게 잘 설명해 주련만, 나도 뭐가 뭔지 몰라 답답할 뿐이다."

"그러면 우리들은 군대에 나가지 않겠습니다요."

"그래, 군대에 안 나가도 좋다."

바보들은 장군에게 가서 군인이 되지 않겠다고 말했다.

큰 도깨비는 일이 전혀 풀리질 않자 이웃 나라의 타라칸 왕에게 가서 아첨하며 싸움을 부추겼다.

"이반 왕을 정복할 좋은 기회가 왔습니다. 그 나라에 돈은 없지만 곡식이나 가축은 아주 많답니다."

타라칸 왕은 군사를 크게 모으고, 총과 대포를 준비해 이반의 나라로 쳐들어갔다. 백성들이 이반에게 달려가 말했다.

"임금님, 타라칸 왕이 쳐들어옵니다."

"그래? 그럼 뭐 그냥 놔 둬."

타라칸 왕은 먼저 선발대를 파견해 이반 군대의 움직임을 살

피게 했다. 척후병은 이곳저곳을 돌아다녔지만 군대 같은 것은 보이지 않았다. 그러나 어딘가에 숨어 있다가 기습을 할지도 모른다는 생각에 며칠을 살펴보았으나 군대는 코빼기도 보이지 않았다. 싸우려고 해도 싸울 상대가 없었던 것이다.

타라칸 왕은 군대를 보내 마을을 점령했지만 마을 사람들은 군인들을 바라만 볼 뿐이었다. 군대는 바보들에게서 곡식이나 가축을 약탈했지만 바보들은 무엇이나 거리낌 없이 흔쾌히 내주었고, 어느 누구도 자기 자신을 방어하지 않았다.

군인들이 다른 마을로 가 보았으나 거기도 마찬가지였다. 군인들은 그날도 다음 날도 여러 마을을 돌아다녀 보았지만 마찬가지였다. 있는 것은 다 내주었고 어느 한 사람도 애써 자기를 지키려 하지 않았다. 오히려 마을로 와서 자기들과 함께 살자고 권유했다.

"그 나라가 살기 곤란하면 우리나라에 와요. 같이 삽시다."

백성들은 모두 스스로 일해서 먹고살았고 자기만 잘 먹고 잘살겠다고 아등바등하며 살지 않았으며 오히려 서로를 도와가며 살았다. 군인들은 전의를 상실하여 타라칸 왕에게 가서 말했다.

"우리들은 전쟁을 할 수가 없습니다. 우리들을 다른 나라로 보내 주십시오. 전쟁다운 전쟁이면 좋겠는데 이건 무엇이옵니까? 마치 약하고 힘없는 사람들을 무참히 죽이는 것 같아 이 나라에서는 더 이상 싸울 수 없사옵니다."

타라칸 왕은 화가 치밀어 군대에게 명령했다.

"온 마을을 돌아다니면서 들쑤셔 놓고, 집과 곡식을 불사르고 가축들을 죽여 버려라. 만일 내 명령에 따르지 않는 놈이 있으면 누구를 막론하고 모두 처벌할 것이다."

군사들은 겁이 나서 나라를 돌아다니며 왕의 명령대로 실행하기 시작했다. 집이나 곡식을 불태우고, 가축들을 닥치는 대로 죽였다. 그래도 바보들은 스스로를 지키려 하지 않았고 다만 눈물만 흘릴 뿐이었다. 남녀노소 할 것 없이 모두 울었다.

"무엇 때문에 당신들은 우리를 괴롭히는 겁니까? 어째서 우리 재산을 못 쓰게 만드는 겁니까? 필요한 게 있으면 그냥 가져가면 되지 않습니까?"

군인들은 양심의 가책 때문에 몹시 우울해져서 아무것도 할 수 없었다. 이윽고 군대는 뿔뿔이 흩어지고 말았다.

12

큰 도깨비는 이반의 나라를 떠나 버렸다. 군대의 힘으로는 도저히 이반을 괴롭힐 수 없었기 때문이었다. 대신 큰 도깨비는 다시 말쑥한 신사로 위장하여 이반의 나라에 들어왔다. 배불뚝이 타라스처럼 돈으로 괴롭혀 볼 생각이었다.

"저는 당신에게 도움이 될 훌륭한 지식을 전하고자 합니다. 그 전에 먼저 제가 이 나라에서 집을 짓는 장사를 시작해 보겠습니다."

"좋은 생각이네요. 이 나라에서 사십시오."

다음 날, 신사는 금화가 들어 있는 커다란 자루와 종이를 가지고 광장에 나가서 이렇게 말했습니다.

"여러분은 모두 돼지처럼 살고 있습니다. 저는 여러분들에게 어떻게 살아야 하는지를 알려드리고자 합니다. 먼저 이 도면처럼 제 집을 지어 주세요. 내가 지시하는 대로 일을 하면 그 대가로 이 금화를 드리겠습니다."

신사가 금화를 보여 주자 바보들은 모두 놀라고 말았다. 지금까지 그들은 돈이란 것을 가져 본 적이 없었고, 필요한 물건이 있으면 물물교환을 했으며, 노동력이 필요하면 품앗이로 해결해 왔기 때문이었다. 하지만 그들은 금화에 반했다.

"그것 참 좋다. 아주 재미있는 물건이야."

백성들은 너도나도 금화를 얻기 위해 물건을 팔거나 집 짓는 일을 했다. 큰 도깨비는 타라스의 나라에서 했던 것처럼 누런 금화를 마구 뿌려 대기 시작했다. 큰 도깨비는 속으로 쾌재를 불렀다.

'일이 아주 쉽게 풀리는구나. 바보 이반은 타라스처럼 망하겠지? 녀석은 절대로 다시 일어나지 못할 거야.'

그런데 바보들은 금화를 가지고 여자들에게 목걸이를 만들어 주거나, 머리장식으로 썼으며, 아이들까지 금화를 장난감처럼 가지고 놀았다. 게다가 그들에게 많은 금화가 생기자 더 이상 얻으려고도 하지 않았다. 신사의 궁궐 같은 집은 아직 절반도 지어지지 않았고, 곡식과 가축도 채 1년분을 모으지 못했다. 그래서 신사는 일을 하러 오거나, 음식이나 가축을 가지고 오거나, 아무 물건이나 가져와도 많은 금화를 주겠다고 말했지만 그렇게 하는 사람은 거의 없었다. 가끔 아이들이 달걀을 가져와서 금화를 바꾸어 가는 정도였기에 먹을 것마저 부족하게 된 신사는 먹을거리를 사려고 마을 안을 돌아다녔다. 그러다가 어느 집으로 들어가 암탉을 사려고 금화를 내밀었지만 여주인은 그것을 받으려고 하지 않았다.

"우리 집에도 그런 것은 많아요."

이번에는 혼자 사는 어부의 집에 들러 생선을 살 양으로 금화를 내밀었다.

"신사 양반, 우리 집에 그걸 가지고 놀 아이들이 없답니다. 게다가 모두들 귀한 물건이라고 하기에 나도 세 개나 가지고 있지요."

빵을 사려고 농부의 집에 들러 금화를 내밀었지만 역시 받지 않았다.

"우리 집에도 금화는 필요 없어요. 그러나 예수님의 이름으로 빵을 달라시면 좀 드리지요. 잠깐 기다려요, 빵을 좀 잘라 올 테니."

큰 도깨비는 침까지 뱉고는 농부 집에서 재빠르게 도망쳤다. 예수의 이름으로 먹을 것을 구한다는 건 도깨비로선 있을 수 없는 일이었다.

큰 도깨비는 아무것도 얻질 못했다. 사람들은 더 이상의 금화를 원하지도 않았고, 그런 만큼 금화를 받고 무언가를 팔려고도 하지 않았다. 대신 다들 이렇게 말했다.

"금화 말고 뭔가 다른 걸 가지고 오든지 와서 일을 해요. 아니면 예수님의 이름으로 적선을 하든지."

그러나 큰 도깨비는 금화 외에는 아무것도 가진 것이 없었다. 더군다나 일하기는 더욱 싫었으며 그렇다고 예수님의 이름으로 동냥을 할 수도 없었다. 큰 도깨비는 화가 나서 사람들에게 소리쳤다.

"정말 이해할 수가 없네. 돈만 있으면 무엇이든 살 수 있고 어떤 일꾼이든 마음대로 부릴 수 있는데 왜 금화를 더 가질 생각을 안 하냔 말이야!"

그러나 바보들은 그의 말에 귀를 기울이지 않았다.

"정말 필요가 없다니까요? 이 나라에선 계산도 필요 없고 세금도 없는데 그까짓 돈이 무슨 필요가 있겠어요?"

큰 도깨비는 저녁도 굶은 채 잠자리에 들었다.

이 일이 이반의 귀에 들어갔다. 백성들이 그에게 찾아와 이렇게 물었다.

"도대체 우리는 어떡하면 좋겠습니까? 어느 날 우리 마을에 말쑥한 신사가 찾아와서 살게 되었습니다. 그 신사는 맛있는 음식과 술을 좋아하고 깨끗한 옷만 즐겨 입으면서 도통 일할 생각을 안 합니다. 더구나 동냥도 할 줄 모르는지 그저 금화만 내놓습니다. 금화를 처음 봤을 때는 우리 모두 그 신사에게 무엇이든지 다 가져다 주었지만, 이제 금화가 있으니 아무도 무언가를 주는 사람이 없습니다. 이 신사를 어떻게 해야 할까요? 굶어 죽지는 말아야 할 텐데요."

이반은 다 듣고 나서 이렇게 말했다.

"그래, 굶어 죽게 내버려둘 수는 없지. 어쨌든 먹여 살려야 한다. 그러니 양 치는 목자처럼 집집마다 돌아다니면서 얻어먹게 하여라."

큰 도깨비는 할 수 없이 여기저기 돌아다니며 얻어먹어야 했다. 어느덧 이반의 궁궐에 들어갈 차례가 되었다.

큰 도깨비가 점심을 얻어먹으러 갔더니 때마침 벙어리 여동생이 점심을 준비하고 있었다. 그녀는 지금까지 일도 하지 않고 구걸하러 온 게으름뱅이들에게 많이 속아 왔다. 게으름뱅이는 식사 때가 되면 가장 먼저 달려와서 그녀의 맛있는 음식을 염치없이 먹어 치우곤 했다. 그래서 벙어리 여동생은 손만 보고도 게으름뱅이를 가려낼 수 있었다. 일을 많이 해서 손에 못이 박인 사람은 식탁에 앉을 수는 있지만 굳은살이 생기지 않은 사람은 먹고 남은 찌꺼기를 주기로 되어 있었다. 큰 도깨비가 식탁에 앉자 벙어리 처녀는 슬쩍 그의 손을 들여다보았다. 물론 못이 박이지 않았다. 손은 고운 데다가 손톱까지 자라 있었다. 벙어리 여동생은 그에게 무엇이라고 소리치더니 도깨비를 식탁에서 끌어내렸다. 그러자 이반의 아내가 도깨비에게 말했다.

"화내지 마세요. 우리 아가씨는 손에 못이 박이지 않은 사람은 식탁에 앉히지 않으니까요. 잠깐만 기다려 주세요. 사람들이 먹고 남은 것을 드릴게요."

큰 도깨비는 궁궐에서 자기에게 돼지 먹이 같은 걸 먹이려 했다는 생각에 매우 화가 났다. 큰 도깨비는 이반에게 달려가 따졌다.

"폐하의 나라에서는 모든 사람이 꼭 손으로만 일을 해야 한다는 바보 같은 법률이라도 있나 봅니다. 그건 여러분들이 어리석기 때문에 그렇게 생각하는 것입니다. 영리한 사람들은 무엇으로 일을 하는지 아십니까?"

그러자 이반은 말했다.

"글쎄, 우리는 바보라서 그런 건 잘 모르지요. 아무튼 우리들은 모두 이 두 손으로 직접 일을 합니다만."

"그것 보십시오, 그건 여러분들이 어리석기 때문입니다. 그래서 제가 어떻게 머리로 일을 하는 것인지 알려 드릴까 합니다. 그러면 여러분들도 아시게 될 것입니다. 머리로 일하는 편이 훨씬 이롭다는 사실을요."

이반은 놀라며 말했다.

"아, 그래서 우리를 바보라고 부르는군요."

큰 도깨비는 덧붙여 설명하기 시작했다.

"그러나 머리로 일하는 게 쉽지는 않습니다. 여러분들은 제

손에 못이 박이지 않았다고 음식도 주지 않지만 그건 머리로 일하는 게 얼마나 어려운 것인지 모르기 때문입니다. 때로는 머리가 깨지는 것처럼 힘듭니다."

이반은 잠시 생각한 후 말했다.

"그런데 왜 당신은 그렇게 힘들게 자신을 괴롭히면서까지 머리로 일을 하는 거요? 그냥 쉽게 손으로 일하면 될 거 아닙니까?"

그러자 도깨비가 말했다.

"제가 자신을 괴롭히면서 머리로 일하는 것은 어리석은 여러분들을 불쌍히 여기기 때문이옵니다. 제가 그렇게 하지 않으면 여러분들은 영원히 바보로 남게 될 테니까요. 그러니 이제부터 저는 여러분들에게 머리로 일하는 법을 가르쳐드리겠습니다."

이반은 감탄하며 말했다.

"고맙소, 꼭 그 방법을 좀 가르쳐 주십시오. 손이 지치면 머리로 대신할 수 있는 방법을 말이요."

큰 도깨비는 그것을 가르쳐 주겠다고 약속했고, 이반은 온 나라에 이 소식을 알렸다.

"훌륭한 신사가 여러분들에게 머리로 일하는 법을 가르쳐 줄 것이다. 손보다 머리로 더 많은 일을 할 수 있다고 하니 모두들 나와서 배우도록 하라."

이반은 높은 망루를 만들고 꼭대기까지 올라갈 수 있는 사다리를 만들었다. 이반은 백성들이 신사를 잘 볼 수 있도록 망루

꼭대기로 안내했다.

신사는 망루 위에서 떠들어댔다. 바보 백성들은 신사가 손을 쓰지 않고 머리로 일하는 방법을 직접 보여 주는 줄 알고 몰려들었다. 그러나 큰 도깨비는 어떻게 하면 일하지 않고도 살아갈 수 있는지 말로만 가르칠 뿐이었다.

바보들은 뭐가 뭔지 도무지 알 수 없었다. 지루해진 백성들은 하나둘씩 각자의 일자리로 돌아가 버렸다. 하지만 큰 도깨비는 하루 종일 망루 위에서 떠들었다. 다음날도 마찬가지였다. 큰 도깨비는 매우 배가 고팠다. 그러나 바보들은 그에게 빵을 가져다주지 않았다. 왜냐하면 손보다 머리로 훨씬 일을 잘 해 낼 수 있다면 자기가 먹을 빵쯤은 쉽게 만들 수 있을 거라고 생각했기 때문이었다.

큰 도깨비는 그 다음 날도 망루 위에 서서 줄곧 지껄여댔다. 그러나 사람들은 가까이 다가와 잠시 듣다가는 이내 흩어져 버렸다.

이반은 종종 사람들에게 물어보았다.

"그래, 그 신사는 머리로 일을 하고 있어?"

"아직은 아닙니다. 그는 여전히 떠들어 대기만 할 뿐이옵니다."

연설이 계속되던 어느 날, 큰 도깨비는 지쳐서 쓰러지면서 그만 기둥에 머리를 들이받고 말았다. 바보 하나가 그것을 보고 이반의 아내에게 알렸고 이반의 아내는 들에 있는 이반에게 달려가 말했다.

"어서 구경하러 가 봅시다. 드디어 신사가 머리로 일을 하기 시작한 모양입니다."

"그게 정말이오?"

이반은 말을 몰아 망루로 달려갔다. 망루에 다다르자 큰 도깨비는 굶주림에 지쳐 비틀거리면서 기둥에 머리를 찧고 있었다. 이반이 망루에 다가갔을 때 큰 도깨비는 계단 쪽으로 쓰러지며 머리로 사다리를 한 계단씩 요란스럽게 박으며 굴러 떨어지고 있었다. 이반은 뭔가 깨달은 듯 고개를 끄덕이며 말했다.

"아하, 언젠가 신사가 머리가 쪼개지는 경우도 있다고 하더니 과연 정말이구나. 그런데 아무리 봐도 손으로 일하는 것보다 훨씬 더 어려워 보이는데?"

사다리를 따라 굴러 떨어지던 큰 도깨비는 결국 땅바닥에 머리를 박고 말았다. 도대체 얼마나 많은 일을 했는지 살펴보려고 이반은 신사에게 가까이 다가갔다. 그 순간, 땅 바닥이 쫙 갈라지더니 큰 도깨비는 그 속으로 쑥 들어가 버렸다. 그리고 그 자리에는 구멍만 한 개 남았을 뿐이었다.

이반은 머리를 긁적이며 말했다.

"이런, 또 그 도깨비 녀석이었구나. 그 조그만 놈들 애비 정도 되는 놈인가 보다."

그리하여 도깨비는 모두 사라졌고 이반의 나라는 아무 문제 없이 평화를 지켰다. 소문을 들은 다른 나라의 온갖 백성들도 이반의 나라로 몰려들었다. 두 형들이 이반을 찾아오자 이반은 기꺼이 그들을 받아 주었다. 또한 그 누구든 찾아와서 '우리들을 좀 거두어 주십시오.'라고 말하면 이반은 늘 이렇게 말한다.

　"그렇게 하시오. 이곳에 와서 사시오. 여기는 무엇이든 많이 있으니까요."

　그러나 이 나라에는 단 하나의 관습이 있었으니, 손에 못이 박인 자는 식탁에 앉을 수 있지만, 그렇지 않은 자는 남들이 먹다 남은 찌꺼기를 먹어야 한다는 것이었다.

촛불

이 이야기는 농노 해방 전의 일이다. 그때는 별별 부류의 지주가 다 있었다. 자신도 죽을 때가 있다는 것을 명심하며 하느님을 공경하고 농노를 불쌍히 여기는 사람이 있는가 하면 짐승만도 못한 사람도 있었다. 하지만 그중에서도 가장 못된 인간은 시궁창에서 빠져나와 귀족 행세를 하게 된 농노 출신의 관리인들이었다. 이런 자들 때문에 농민들의 생활은 더욱더 비참했다.

　어떤 지주의 영지에 바로 그런 관리인이 나타났다. 농민들은 소작료 대신 영지에서 일을 하기로 되어 있었다. 땅은 넓었고 토질도 좋았다. 물과 목초지, 숲이 고루 갖추어진 좋은 땅이었다. 그만하면 지주와 농민 모두에게 아무런 부족함이 없어 보였다. 그런데 어느 날 갑자기 지주는 다른 영지에서 일하던 농노 출신을 데려와 그 토지의 관리인으로 앉혔다.

관리인은 권력을 쥐게 되자 농민들을 혹사시키기 시작했다. 그도 한 가정의 가장으로서 아내도 있었고 이미 출가한 딸도 둘이나 두었으며, 돈도 좀 모았기에 그렇게 심하게 굴지 않아도 안락하게 살아갈 수 있었을 텐데, 욕심이 지나쳐 그만 죄악의 길로 들어선 것이다.

그는 농민들에게 약속된 날보다 더 많은 시간 동안 일을 시켰다. 벽돌 공장을 세워 남녀를 불문하고 끌어다가 혹사시켰고, 만들어 낸 벽돌을 팔아 돈을 챙겼다. 참다못한 농민들이 모스크바에 있는 지주를 찾아가 사정을 호소했지만 아무런 소용이 없었다. 지주는 도리어 농민들을 나무라며 쫓아낼 뿐이었다.

관리인은 농민들이 지주에게 다녀온 사실을 알고 보복을 하기 시작했다. 그 때문에 농민들의 생활은 더욱더 어려워졌다. 게다가 농부들 중에는 관리인에게 동료를 밀고하여 서로를 곤경에 빠뜨리게 만드는 질 나쁜 사람들도 있었다. 이리하여 농민들은 사이는 나빠졌고 불신의 벽은 높아만 갔다.

관리인의 횡포는 날이 갈수록 심해져 마침내 농민들은 관리인을 맹수보다 더 무서워하게 되었다. 관리인이 말을 타고 마을을 지나갈 때면 마치 늑대라도 나타난 것처럼 재빨리 몸을 숨겨 그의 눈에 띄지 않기만을 바랄 뿐이었다. 그렇게 자신을 두려워하는 걸 알기에 관리인은 더욱더 심술을 부렸고 가혹하게 노역을 시키며 괴롭혔다.

그 당시에는 그런 악독한 관리인을 죽여 버리는 경우도 있었다. 어느 날 이 마을 농민들도 관리인을 처단하기 위해 한자리에 모였다. 그중에서 비교적 용기 있는 자가 이렇게 말했다.

"우리가 언제까지 저놈에게 당하며 살아야 합니까? 어차피 죽기는 마찬가지일 테니 차라리 저놈을 우리가 먼저 죽여 없앱시다."

부활절 전날 농민들은 숲에 모였다. 관리인이 지주의 숲을 손질하라고 지시했기 때문이다. 점심시간에 한자리에 모였을 때 농민들이 다시 분노하기 시작했다.

바실리 미나예프가 말했다.

"이대로는 도저히 살아갈 수가 없네. 저놈은 우리를 송두리째 말려 죽일 작정이야. 밤낮을 가리지 않고 일을 시키고, 게다가 제 놈 마음에 안 들면 두들겨 패고…. 세몬은 매를 맞아 죽었고, 아니심은 족쇄에 채워져 곤욕을 치르지 않았나. 대체 무엇을 더 기다린단 말인가? 오늘 저녁 여기 와서 또 행패를 부리면 말에서 끌어내려 도끼로 내리치면 일은 끝나는 거야. 그리고 어딘가에 개처럼 파묻어 버리면 누가 알겠어. 다만 우리 중 누구도 이 일을 입 밖에 내지 않기로 약속해야 해!"

그는 누구보다도 관리인을 증오했다. 관리인은 툭하면 미나예프를 때렸고, 그의 아내마저 강제로 데려가 자기 집 식모로

만들어 버렸기 때문이었다.

저녁이 되자 관리인이 말을 타고 왔다. 그는 오자마자 나무를 잘 못 자른다고 트집을 잡기 시작했다. 그리고 베어 놓은 나뭇더미에서 보리수 한 그루를 찾아냈다.

"내가 보리수를 베라고 했나? 누가 베었나? 빨리 말하지 않으면 모조리 매질을 하겠다."

관리인은 누가 보리수를 베었는지 조사하기 시작했다. 그러자 누군가가 시도르를 가리켰고 관리인은 그의 얼굴을 피투성이가 되도록 때렸다. 그리고 바실리도 나무를 적게 베었다는 이유로 채찍질을 당했다.

그날 밤 농민들은 다시 모였다. 바실리가 입을 열었다.

"아니, 당신들도 사람이오? 꼭 매 앞의 참새들 같아. 동료를 배반하지 말자, 무슨 일이 있어도 해치우자고 했다가 막상 매가 나타나면 모두 숲 속으로 숨어 버리니. 그러니까 매란 놈은 눈독을 들였던 놈을 잡아먹는 거야. 매가 떠난 다음에야 참새들은 나와서, 또 하나 없어졌군, 누가 없어졌나, 바니카야? 그놈은 그런 꼴을 당할 만하지, 어쩔 수 없는 거지 하고 떠들기나 하지. 당신네들이 꼭 그렇소. 배반하지 않겠다고 했으면 무슨 일이 있어도 약속을 지켰어야지. 그놈이 시도르를 때릴 때 일제히 달려들어 그놈을 처치해 버렸어야 했단 말이오."

농민들은 다시 결의를 다지며 마침내 관리인을 죽이기로 결정했다.

　관리인은 농민들에게 금욕 금식 기도를 드려야 하는 부활절 기간에도 밭을 갈아 보리씨를 뿌리라고 명령했다. 농민들은 해도 너무 한다고 생각했기 때문에 바실리 집 뒤뜰에 모여 또 의논을 했다.

　"저놈이 하늘 무서운 줄 모르고 저런 짓을 하니 정말이지 죽어 마땅해. 어차피 한 번은 죽을 목숨 아닌가!"

　그날은 미혜예프도 자리를 함께했다. 그는 성품이 온화한 사람으로 지금까지 농민들의 모임에 한 번도 나오지 않았었다. 처음으로 자리를 함께해 농민들의 이야기를 들은 다음 그는 이렇게 말했다.

　"자네들, 정말 큰 죄를 지을 생각이군. 사람을 죽이다니. 사람 하나 죽이기야 쉬운 일일지 모르지만 그를 죽인 사람의 영혼은 어떻게 될 것 같은가? 놈이 나쁜 짓을 했다면 우리가 손을 쓰지 않더라도 천벌이 기다리고 있을 거야. 그러니 참아야 해."

　그 말을 듣고 있던 바실리가 화가 나서 소리쳤다.

　"잘난 척은! 사람을 죽이는 게 죄라는 건 나도 알아. 하지만 그 놈이 인간이야? 착한 인간을 죽이는 것은 분명 죄가 되지. 그러나 그런 개만도 못한 인간을 죽이는 건 하느님도 눈감아 주실 거야. 선량한 사람들을 위해서 그런 미친개는 죽여야 해. 그 놈을 죽이지 않으면 죄만 커질 뿐이야. 놈이 죄 없는 사람들을 괴롭힌 생각을 하면 치가 떨려. 만일 이 일로 우리가 고초를 당한다 해도 사람들을 위한 길이야. 모두들 우리에게 고맙다고 할 거야. 우리가 당하고만 있으면 놈은 우리를 모두 죽이고 말 거야. 이봐, 자네는 쓸데없는 걱정을 하고 있어. 그리스도의 축제일에 일하러 가는 것도 큰 죄라고 생각하지 않아? 그렇게 말하는 자네부터 일하러 가지 않을 걸."

그러자 미헤예프가 말했다.

"일을 왜 안 나가겠어? 시키는 대로 해야지. 그게 어디 내 마음대로 할 수 있는 일이야? 누가 나쁜지는 하느님께서 다 알고 계시니 우리는 오직 하느님을 잊지 말아야 돼. 나는 내 생각을 말하는 것이 아니야. 만일 악을 악으로 없애라고 했다면 하느님께서 그런 본을 보여 주셨을 것이나, 우리에게 가르치신 것은 그게 아니야. 우리가 악을 악으로 대하려고 하면 그 악은 우리에게 되돌아오지. 사람을 죽이는 것은 쉽지만 그 피는 자신의 영혼에 달라붙네. 사람을 죽인다는 것은 자신의 영혼을 피투성이로 만드는 일이야. 자신은 악한 인간을 죽였고 악을 뿌리 뽑았다고 생각하겠지만, 실은 더 큰 악을 자기 마음에 끌어들이는 결과가 되네. 견디기 힘들지만 꾹 참아야 해. 그러면 재앙은 스스로 물러나기 마련이니까."

결국 농민들은 의논의 결말을 보지 못하고 헤어졌다. 의견이 분분하여 바실리처럼 생각하는 자가 있는가 하면, 끔찍한 죄를 짓지 말고 더 참아보자고 하는 자도 있었다.

부활절 첫날 축하 행사를 끝마친 저녁 무렵, 작업반장은 관리인 미하일 세묘니치의 명령이라며 농민들에게 내일 보리씨를 뿌리기 위해 밭을 갈아야 한다고 말했다. 작업반장은 온 마을을 돌아다니며 관리인의 명령을 전했고 구역과 조까지 편성해 주었다. 농민들은 화가 치밀어 올랐으나 반항할 용기는 없었다.

다음 날 아침, 모두 괭이와 삽을 들고 나가 밭을 갈기 시작했다. 교회에서는 아침 예배 시간을 알리는 종이 울렸고 사람들은 어디서나 부활절을 축하하고 있었지만 이곳 농민들만은 밭을 갈면서 일해야 했다.

관리인 미하일 세묘니치는 늦잠을 자고 일어나 농장을 둘러보러 나갔다. 그의 아내와 친정에 다니러 온 과부가 된 딸은 잘 차려입고 교회에 나가 예배에 참석하고 돌아왔다. 관리인은 식구들과 함께 하녀가 준비한 차를 마시려고 자리에 앉았다. 미하일 세묘니치는 차를 마신 후 파이프에 불을 붙이며 작업반장을 불렀다.

"농민들은 모두 밭으로 일하러 나갔나?"

"네."

"한 사람도 빠지지 않고?"

"모두 다 나왔습니다. 제가 일할 구역도 지정해 주었습니다."

"구역을 정해 준 건 잘한 일이야. 그런데 일은 제대로 하고 있는지 모르겠군. 자네가 잠깐 둘러보고 오게. 정오에는 내가 직접 나가서 볼 테니까. 두 사람이 한 데샤티나(1데샤티나는 약 1헥타르)를 똑바로 갈도록 하고. 만일 일을 잘 못하고 있으면 축제일이라도 용서하지 않을 테니까!"

"알겠습니다."

그렇게 대답하고 작업반장이 나가려고 하자 미하일 세묘니치가 다시 그를 불러 세웠다. 관리인은 잠시 뜸을 들이더니 이렇게 말했다.

"그리고 그 도둑놈들이 나에 대해 뭐라고 하는지 슬쩍 들어봐. 누가 어떤 흉을 보고 무슨 말을 하는지 내게 자세히 알려 줘. 나는 그놈들을 잘 알고 있어. 놈들은 일하기 싫어하고 게으름이나 피우니까. 먹고 마시고 노는 것만 좋아해서 밭갈이 시기를 놓치면 일을 그르친다는 생각은 하질 못한단 말이야. 그러니 누가 무슨 말을 하는지 잘 들었다가 와서 보고해. 나는 그것을 알아 둘 필요가 있거든. 자, 이제 가 봐. 그리고 숨김없이 보고해야 한다는 걸 명심해, 알겠나?"

작업반장은 말을 타고 농민들이 일하는 밭으로 갔다. 그러자 작업반장과 남편이 나눈 이야기를 들었던 관리인의 아내가 말했다. 그의 아내는 부드러운 마음의 소유자였으므로 남편을 달래면서 농민들의 편을 들었다.

"여보, 그리스도의 대축제일이니 제발 죄가 되는 일은 하지 마시고 농민들을 쉬게 해 줘요."

그러나 관리인은 아내의 말을 들은 척도 안 하고 비웃기만
했다.

"한동안 풀어 주었더니 아주 건방지게 구네. 주제넘게 참견
하지 말고 입 닥쳐!"

"여보, 내가 당신에 관한 흉한 꿈을 꾸었어요. 부디 오늘만이
라도 농민들을 쉬게 해 주세요."

"안 된다면 안 되는 줄 알지 왜 이래? 배고픈 줄 모르고 지내
니까 채찍 맛을 잊은 모양이네? 당신도 조심하는 게 좋아!"

세묘니치는 잔뜩 화를 내면서 불이 붙은 파이프로 아내의 입
을 쿡쿡 찌르더니 방에서 쫓아내면서 식사 준비나 하라고 소리
쳤다.

관리인은 어묵에 고기만두, 양배추 수프와 통돼지구이는 물
론 우유와 국수를 먹고 버찌로 담근 술도 마셨으며 디저트로 케
이크까지 먹었다. 그리고 하녀를 불러 노래를 시키고 자기는 기
타를 치기 시작했다. 관리인은 잔뜩 신이 난 듯했다. 그때 작업
반장이 들어와 허리를 굽혀 인사한 다음 밭에서 살펴보고 온 일
을 보고하기 시작했다.

"열심히들 일하고 있겠지? 오늘 책임량은 다 하겠던가?"

"네, 벌써 절반 이상이나 갈았습니다."

"빠뜨린 데는 없고?"

"없었습니다. 모두 잘하고 있습니다."

"흙도 곱게 다지고 있지?"

"네, 마치 고운 겨자씨를 뿌려 놓은 것처럼 잘 다졌습니다."

관리인은 잠자코 있다가 다시 물었다.

"그런데 나에 대해선 뭐라고들 말하던가? 욕을 했겠지?"

작업반장은 망설이며 입을 열지 못했다. 관리인은 들은 대로 죄다 털어놓으라고 다그쳤다.

"모조리 말해. 사실대로 말하면 상을 주겠지만 뭐든 감추면 매질이 있을 뿐이야. 야! 카츄샤, 이 친구에게 보드카 한 잔을 줘라. 용기가 나도록 말이야."

하녀가 서둘러 나가더니 보드카를 가져다주었다. 작업반장은 감사 인사를 하고 쭉 들이켠 다음 입을 닦고 생각했다.

'할 수 없지. 저렇게 다그치니 다 털어놓을 수밖에.'

그렇게 생각하고 반장은 말문을 열었다.

"모두들 불평을 하고 있었습니다."

"그래? 뭐라고들 하던가? 이야기해 보게."

"모두 똑같은 말을 했습니다. 어르신께서 하느님을 믿지 않는다는 거예요."

관리인은 소리 내어 웃기 시작했다.

"그래, 어떤 놈이 그런 말을 하던가?"

"모두들 그렇게 말합니다. 순결하지 못한 영혼을 가지고 있다는 겁니다."

관리인은 다시 웃었다.

"좋아, 그건 그렇고. 하나하나 말해 보게. 바실리는 뭐라고 하던가?"

작업반장은 동료들을 나쁘게 말하고 싶지 않았으나 바실리와는 전부터 사이가 좋지 않았다.

"바실리는 누구보다도 심하게 욕을 했습니다. 어르신께서 개처럼 비참하게 죽을 것이라고 했어요."

"흥, 정말 웃기는군! 놈은 그러면서 왜 나를 진작 죽이지 않았지? 얼어붙어서 손이 나가질 않았던 모양이지? 좋아, 바실리 그놈은 내가 곧 대가를 치르게 해 주지. 그 다음 치슈카는? 그놈도 역시 뭐라고 했겠지?"

"네, 모두 나쁘게 말하고 있었습니다."

"그러니까 뭐라고 했냐고?"

"입에 올리기조차 거북해서…."

"도대체 뭐가 거북하단 거야? 어서 말해 봐."

"모두들 어르신의 배가 터져서 창자가 튀어나왔으면 좋겠다고 했습니다."

그러자 관리인은 한바탕 껄껄 웃었다.

"흥, 어느 놈의 창자가 먼저 튀어나올지 어디 두고 보자고. 그런데 어느 놈이 그런 말을 하던가? 치슈카야?"

"좋은 말을 한 사람은 하나도 없었어요. 모두 욕을 해 대거나 어디 두고 보자고 말하고 있었어요."

"그래. 그럼 미헤예프는 어땠어? 그놈도 욕을 했겠지?"

"아닙니다, 어르신. 미헤예프는 욕 같은 건 하지 않았습니다. 그 사람만 아무 말도 하지 않았습니다. 특이한 놈이어서 저도 깜짝 놀랐습니다."

"도대체 뭐가 특이했다는 말인가?"

"정말이지 너무나 이상할 뿐입니다. 제가 가까이 가 보니까 그는 투르킨 언덕의 경사진 땅을 갈고 있었습니다. 더 가까이 가 보았더니 그는 아주 가늘고 고운 목소리로 노래를 부르고 있었습니다. 게다가 쟁기 손잡이 사이에는 무엇인가 반짝이는 게 보였습니다."

"그게 뭔데?"

"그것은 마치 작은 불꽃처럼 빛나고 있었습니다. 자세히 살펴보니 그건 교회에서 파는 5코페이카짜리 양초였는데 쟁기의 가로대에 세워져 있더군요. 그런데 바람이 불어도 촛불이 꺼지지 않았습니다. 그는 깨끗한 셔츠를 입고 부지런히 땅을 갈면서 부활절 노래를 부르고 있었습니다. 쟁기를 홱 돌려도, 아무리 힘껏 잡아당겨도, 아무리 빨리 밀고 나가도 촛불은 꺼지지 않았습니다."

"뭐라고 욕 같은 건 안 하고?"

"아무 말도 하지 않았습니다. 다만 저를 보더니 부활절 인사를 하고는 다시 노래를 불렀습니다."

"그래서 자네는 뭐라고 말했나?"

"저 역시 아무 말도 안 했습니다. 하지만 농민들이 몰려와서 미헤예프는 부활제 때 일을 했기 때문에 아무리 기도를 드려도 죄를 용서받지 못한다면서 놀려댔습니다."

"그랬더니 미헤예프는 뭐라고 하던가?"

"그는 그저 '땅에는 평화, 사람에게는 선한 마음이 있을지어다!'라고 말할 뿐이었습니다. 그리고 다시 쟁기를 잡고 말을 재촉하면서 노래를 부르기 시작했고, 촛불은 여전히 그대로 타고 있었습니다."

관리인은 기타를 내려놓고 잠시 생각에 잠기는 듯했다. 그리고 하녀와 작업반장을 내보내고 나서 침대에 쓰러져 깊은 한숨을 내쉬며 끙끙거리기 시작했다. 그것은 마치 잔뜩 짐을 실은 수레를 힘들게 끌고 갈 때 내는 소리 같았다. 그의 아내가 들어와 말을 걸었으나, 관리인은 아무 대꾸도 않더니 불쑥 내뱉듯이 한마디 할 뿐이었다.

"그놈이 나를 이겼어. 이제는 내가 당할 차례야."

그러자 아내가 타이르듯이 말했다.

"여보, 지금이라도 가서 농민들을 돌려보내세요. 그러면 아무 일 없을 거예요. 지금까지는 더 심한 행동을 하고도 태연하더니 이번에는 왜 그렇게 겁을 내는지 모르겠군요."

"나는 이제 틀렸어. 그놈이 이겼어."

아내는 진지한 목소리로 남편에게 말했다.

"어서 가서 농민들의 일손을 멈추게 하세요. 그러면 아마도 모든 일이 잘될 거예요. 자, 빨리! 곧 말을 준비하도록 할게요."

잠시 후, 말을 끌고 온 관리인의 아내는 밭에 나가 농민들을 집으로 돌려보내도록 남편을 다시 설득했다.

관리인은 말을 타고 밭으로 나갔다. 마을 입구에 이르자 한 아낙네가 마을 문을 열어 주어 안으로 들어갔다. 관리인이 나타나자 어떤 사람은 뒤뜰로, 어떤 사람은 집 모퉁이로, 어떤 사람은 채소밭으로 도망쳤다.

계속 길을 가던 관리인은 마을을 빠져나가는 출구에 이르렀다. 그러나 출구가 닫혀 있어서 말을 탄 채로는 열 수가 없었다.

관리인은 문을 열라고 몇 번이나 소리쳤지만 아무도 대답하는 사람이 없었다. 그래서 말에서 내려 직접 문을 열고는 다시 말을 타기 위해 한쪽 발을 발걸이에 올려놓고 훌쩍 몸을 날려서 안장에 걸터앉으려 했다. 그런데 그 순간, 달려 나온 돼지를 보고 놀라 말이 울타리에 부딪히고 말았다. 몸이 뚱뚱했던 관리인은 중심을 잃고 말에서 떨어지면서 울타리를 지탱하던 뾰족한 말뚝에 배가 꽂히고 말았다. 그리고 무거운 체중 때문에 배가 찢어지면서 땅바닥으로 떨어지고 말았다.

농민들이 밭에서 돌아와 문가에 이르자 말들이 콧김을 뿜으며 안으로 들어가려고 하지 않았다. 이상한 생각이 든 농민들이 주위를 자세히 살펴보았다. 놀랍게도 거기에 관리인이 벌렁 나자빠져 있었다. 두 팔을 벌리고 눈은 부릅뜬 채, 창자가 튀어나와 피가 물웅덩이처럼 고여 있었다. 땅이 그 피를 빨아들이지 않았던 것이다. 깜짝 놀란 농민들은 말머리를 돌려 뒷길로 달아났다. 그러나 미헤예프는 말에서 내려 관리인 곁으로 다가갔다. 관리인의 숨은 이미 끊어져 있었다. 그는 관리인의 부릅뜬 눈을 감겨 주고 짐수레에 말을 매어 아들과 함께 시체를 싣고 지주의 저택으로 갔다. 모든 사정을 알게 된 지주는 농민들에게 부역을 금하고 소작료만 내도록 했다.

그제야 농민들은 하느님의 힘은 악을 악으로 갚는데 있는 것이 아니라 착한 일을 할 때 드러난다는 사실을 깨달았다.

예멜리얀과 북

예멜리얀이라는 남자가 남의 집에서 머슴살이를 하며 살고 있었다. 어느 날 들일을 하러 걸어가던 중 풀밭을 뛰어다니는 개구리 한 마리를 발견했다. 조심하지 않았다면 밟을 뻔했지만 그는 가까스로 개구리를 뛰어넘었다. 그때 뒤에서 그를 부르는 소리가 들렸다. 뒤돌아보니 예쁜 아가씨가 그를 쳐다보면서 말했다.

　"예멜리얀, 당신은 왜 결혼을 안 하세요?"

　"결혼이오? 가진 거라곤 몸뚱이뿐인데 누가 내게 시집을 오겠습니까."

　그러자 그 아가씨가 말했다.

　"그럼 제가 당신에게 시집가는 건 어때요?"

예멜리얀은 그 아가씨가 마음에 들었다.

"나야 좋지만 어떻게 먹고산단 말이요?"

"그런 걱정은 하지 마세요. 잠도 줄여 가면서 부지런히 일하면 어디를 가도 먹고, 입고 살아갈 수 있어요."

"그렇군요. 그럼 우리 결혼합시다. 그런데 어디에서 살죠?"

"우리 시내로 나가서 살아요."

아가씨는 예멜리얀을 변두리의 조그만 집으로 데리고 갔다. 두 사람은 그 집에서 신혼 생활을 시작했다.

어느 날 임금님의 마차 행렬이 이 시내를 지나가게 되었다. 예멜리얀의 아내도 임금님을 보려고 거리로 나왔다. 임금님은 그녀의 아름다움에 깜짝 놀랐다. 임금님은 마차를 세우고 예멜리얀의 아내를 가까이 불러서 물어보았다.

"너는 누구냐?"

그녀가 대답했다.

"네, 저는 농부 예멜리얀의 아내입니다."

"너 같은 아름다운 여인이 어떻게 농부에게 시집을 갔느냐? 왕비가 될 수도 있었을 텐데."

"말씀은 감사하오나 저는 농부의 아내로서 만족합니다."

임금님은 잠시 그녀와 이야기를 나누다가 떠났지만 왕궁으로 돌아와서도 그녀를 잊을 수가 없었다. 임금님은 밤새도록 어떻게 하면 예멜리얀의 아내를 빼앗을 수 있을까 궁리했지만 묘안이 떠오르지 않았다. 그래서 다음 날 신하들을 불러 놓고 좋은 방법을 생각해 내라고 명령했다. 그러자 신하 한 사람이 말했다.

"우선 예멜리얀을 궁전으로 불러들이십시오. 그리고 저희들이 예멜리얀을 혹사시켜 죽여 버린다면 그 여자는 과부가 되므로 그때 임금님께서 그녀를 아내로 맞이하시면 됩니다."

임금님은 예멜리얀에게 사자를 보내 궁의 일꾼으로 일하게 하고, 그의 아내도 궁전에 와서 살라는 명령을 전했다. 그러자 아내가 예멜리얀에게 말했다.

"할 수 없죠. 저는 집에 있을 테니 낮에는 그곳에서 일하고, 밤에는 집으로 돌아오세요."

예멜리얀은 사자를 따라갔다. 궁전에 도착하자 임금님의 집사가 물었다.

"왜 혼자 왔느냐?"

"저희들에게도 집이 있으니 함께 올 필요가 없었습니다."

궁전에서는 예멜리얀에게 두 사람 몫의 일을 떠맡겼다. 예멜리얀이 일을 해 보니 도저히 그날 안에 끝마치기가 힘들겠다는 생각이 들었다. 그러나 열심히 하다 보니 저녁때가 되기도 전에 일이 끝났다. 집사는 예멜리얀이 두 사람 몫의 일을 해 낸 것을 보고 이튿날 네 사람 몫을 맡겨야겠다고 생각했다.

예멜리얀이 돌아와 보니 집 안은 깨끗이 청소되어 있었고, 모든 것이 깔끔하게 정돈되어 있었다. 난롯불은 훈훈하게 타오르고 있었고 저녁 식사도 준비되어 있었다. 아내는 탁자 곁에서 바느질을 하며 돌아온 남편을 맞이했다. 그리고 저녁 식사를 차려 주면서 남편에게 궁전에서 어떤 일이 있었는지 물었다.

"한 사람이 할 만한 일이 아니었소. 아마도 나를 혹사시켜서 죽일 작정인 것 같아."

"여보, 일이 너무 많다고 걱정하지 마세요. 또한 얼마나 했는지, 얼마나 남았는지 뒤를 돌아보거나 앞일을 내다보지 마세요. 그저 묵묵히 일만 하다 보면 주어진 시간 안에 끝날 거예요."

예멜리얀은 잠자리에 들었다. 그리고 다음 날 궁전에 나가 곁눈질 한번 하지 않고 열심히 일했다. 그랬더니 저녁쯤에 일이 다 끝이 났고, 어둡기 전에 집으로 돌아갈 수 있었다.

예멜리얀에게 주어진 일은 날마다 늘어났지만 그는 언제나처럼 시간 안에 일을 끝내고 집으로 돌아갈 수 있었다.

일주일이 지났다. 신하들은 아무리 많은 일을 시켜도 예멜리얀을 죽일 수 없다고 판단하고 이번에는 도저히 해 낼 수 없는 일을 시키기로 했다.

그러나 목수 일이든, 석공 일이든, 지붕 수리든 무슨 일을 시켜도 예멜리얀은 그날 안에 일을 끝마치고 저녁때가 되면 아내에게로 돌아가는 것이었다.

다시 일주일이 지나자 임금님은 신하들을 불러 소리쳤다.

"너희들은 밥값을 못하는구나! 벌써 2주일이나 지났는데 아무런 효과도 없지 않느냐! 일이 많아 죽기는커녕 그놈은 저녁 때가 되면 일을 마치고 콧노래를 부르면서 집으로 돌아가고 있지 않느냐! 네 놈들이 나를 바보 취급하려는 게 아니냐?"

신하들은 여러 가지 변명을 늘어놓았다.

"저희들은 어떻게든 그놈을 혹사시키려고 했으나, 그놈은 어떠한 일도 거뜬하게 끝마치고 말았습니다. 무슨 일을 시켜도 지친 기색 하나 없이 빗자루로 낙엽 쓸 듯이 가볍게 해치워 버렸습니다. 그래서 저희들은 몸이 아니라 머리를 쓰는 일을 시켜 보았으나 그 또한 허사였습니다. 아무래도 그놈이나 아내가 요술을 부리는 게 아닌가 생각됩니다. 그래서 저희들은 이제 도저히 불가능한 일을 놈에게 시키려고 합니다. 그것은 다름이 아니오라 단 하루 만에 커다란 성당 한 채를 지으라고 시키는 것입니다. 폐하께서 예멜리얀을 직접 불러서 그렇게 명령을 내리십시오. 만일 그놈이 그 일을 해 내지 못하면 명령을 거역한 죄로 목을 칠 수 있을 것입니다."

임금님은 사람을 보내 예멜리얀을 불러왔다.

"네게 한 가지 명령을 내리겠다. 내일 해가 지기 전까지 궁전 앞 광장에 새로운 성당을 하나 지으라. 시간 내에 완성하면 후한 상을 받을 것이지만, 만일 그렇지 못하면 사형에 처할 것이다."

예멜리얀은 임금님의 명령을 듣자 마자 드디어 최후가 다가

왔다는 생각하며 집으로 돌아왔다. 그리고 아내에게 말했다.

"여보, 여길 떠날 준비를 합시다. 어디라도 도망을 칩시다. 그렇지 않으면 아무 죄도 없이 죽을 것 같소."

아내가 물어보았다.

"그게 무슨 말이에요? 뭘 그렇게 두려워하세요? 도망을 치다니오?"

"어떻게 겁나지 않겠소? 임금님께서 내일 단 하루 만에 성당을 지으라고 명령하면서 짓지 못하면 내 목을 치겠다고 했소. 이제 남은 길은 도망밖에 없소."

그러나 아내는 차분하게 말했다.

"임금님에게는 군대가 있잖아요. 우리가 어디를 가든지 금방 붙잡히고 말거예요. 그러니 할 수 있는 데까지 해 보는 수밖에 없어요."

"하지만 그건 불가능한 일이요. 내 힘으로 어떻게 하루 만에 성당 하나를 짓겠소?"

"여보, 걱정하지 마세요. 우선 저녁이나 드시고 잠을 푹 자 두세요. 그리고 내일 아침엔 좀 일찍 일어나세요. 그러면 모든 것이 다 잘될 거예요."

다음 날 아침 아내가 그를 깨웠다.

"자, 어서 궁전으로 가서 성당을 완성하고 돌아오세요. 여기에 못과 망치가 있으니 가지고 가요. 성당 터에 가면 하루치 일

만 남아 있을 거예요."

예멜리얀이 궁전 앞에 도착해 보니 아내의 말대로 새로운 성당이 서 있었다. 둘러보니 마무리할 일만 조금 남아 있었다. 예멜리얀은 저녁때까지 성당을 완성해 놓았다.

늦게까지 잠을 잔 임금님이 잠자리에서 일어나 궁전 앞을 바라보니 새 성당이 우뚝 서 있었고, 예멜리얀이 여기저기 돌아다니며 마무리 못질을 하고 있었다. 임금님은 성당을 보고도 전혀 즐겁지 않았다. 예멜리얀을 처벌하고 그의 아내를 빼앗을 구실이 또 없어졌기에 오히려 화가 날 뿐이었다. 임금님은 다시 신하들을 불렀다.

"예멜리얀이 이번 명령을 완수했으니 놈을 처형할 구실이 없어졌다. 이런 일이 놈에게는 너무나 쉬웠던 거야. 좀 더 어려운 일을 궁리하란 말이다. 만일 이번에도 묘안을 찾지 못하면 너희들부터 엄벌에 처하겠다."

신하들은 궁리 끝에 궁전 둘레에 배가 다닐 수 있도록 큰 강을 파라는 명령을 내리라고 임금님에게 진언했다. 임금님은 예멜리얀을 불러서 새로운 명령을 내렸다.

"너는 하루 만에 성당을 지었다. 그렇다면 이번 일도 할 수 있을 것이다. 이번 일도 내일까지 끝내야 한다. 만일 끝내지 못하면 네 놈의 목을 자르겠다."

예멜리얀은 어제보다 더 걱정스러운 표정을 하고 집으로 돌아왔다.

"왜 또 그래요? 임금님께서 또 새로운 일을 시키셨나요?"

예멜리얀은 자초지종을 이야기했다.

"이제 정말 도망쳐야만 해요."

그러자 아내는 어제와 똑같이 말했다.

"임금님의 군대로부터 도망칠 수는 없어요. 어디를 가든 잡힐 거예요. 그러니 이번에도 임금님의 분부대로 해야 해요."

"아니, 그런 일을 어떻게 할 수가 있겠소?"

"걱정하지 마세요, 여보. 저녁 드시고 잠이나 주무세요. 그리고 내일 아침 일찍 일어나시면 모든 일이 잘될 거예요."

그래서 예멜리얀은 잠을 청했다. 다음 날 아침 일찍 아내는 그를 깨웠다.

"어서 궁전 쪽으로 가 보세요. 일은 거의 다 되어 있어요. 다만 궁전 맞은편 둑에 약간의 흙이 쌓여 있으니 이 삽을 가지고 가서 평평하게 고르기만 하면 돼요."

예멜리얀이 궁전으로 가 보니 궁전 둘레에는 이미 강이 흐르고 있었고, 배도 지나다니고 있었다. 그리고 아내가 말한 대로 궁전 맞은편 둑에 흙이 쌓여 있었다. 그래서 예멜리얀은 삽을 들고 흙을 고르기 시작했다.

임금님이 잠에서 깨어 궁전 주위를 둘러보니 어제까지 없었던 강이 흐를 뿐 아니라 배도 다니고 있었다. 그리고 예멜리얀은 삽을 들고 흙을 고르고 있었다. 임금님은 너무나 놀랐다. 그러나 임금님은 강이나 배를 보고 기쁘기는커녕 예멜리얀을 죽일 수 없게 된 게 분해서 견딜 수가 없었다.

'아무래도 안 되겠다. 저 놈은 못하는 일이 없는 모양이다. 이제 어떻게 하면 좋을까?'

임금님은 또다시 신하들을 불렀고 신하들은 머리를 쥐어짜서 만든 계략을 임금님에게 아뢰었다.

"이번에는 어딘지 모르는 곳에 가서 무엇인지 모르는 물건을 가지고 오도록 명령하십시오. 그러면 제아무리 못하는 게 없는 놈일지라도 도저히 빠져나갈 방법이 없을 것입니다. 임금님께서는 그놈이 어디를 가든 그곳이 아니라고 말씀하시고, 무엇을 가지고 오든 원하는 게 아니라고 하시면 됩니다. 그렇게 이제 그놈을 죽일 수 있고, 그 아내도 빼앗을 수 있겠습니다."

왕은 크게 기뻐했다.

"정말 묘안 중에 묘안이구나."

임금님은 예멜리얀을 불러 명령했다.

"너는 어딘지 모르는 곳에 가서 무엇인지 모르는 물건을 가지고 오너라. 만일 그렇지 못하면 너의 목을 자를 것이다."

예멜리얀은 아내에게 돌아가서 임금님의 말씀을 전했다. 아내도 깊은 생각에 잠겼다.

"이것은 당신을 죽이기 위해 짜낸 계략이군요. 이번에는 정말 지혜롭게 대처해야겠어요.”

아내는 곰곰이 생각하더니 남편에게 말했다.

“이번에는 조금 멀리 가서서 군인을 아들로 둔 할머니에게 도움을 청하세요. 그 할머니가 무언가를 주면 그것을 갖고 곧바로 궁전으로 가세요. 저도 궁전에 가 있겠어요. 이제는 저도 더 이상 그들을 피할 수 없게 되었어요. 아마 그들은 저를 강제로 데려갈 거예요. 하지만 저를 오래 붙잡아 두진 못할 거예요. 당신은 할머니가 시키는 대로만 하면 저를 곧 구해 내실 수 있어요.”

아내는 남편에게 조그만 자루와 물레에서 뽑아낸 실을 감을 때 쓰는 쇠꼬챙이 물렛가락을 주었다.

“이것을 할머니에게 드리세요. 그러면 할머니가 당신이 제 남편이라는 것을 아실 거예요.”

예멜리얀은 아내가 알려 준 길을 따라 걸어갔다. 얼마쯤 가니 군인들이 훈련을 하고 있었다. 예멜리얀은 잠시 지켜보다가 그들이 훈련을 마치고 쉬는 틈을 타서 물어보았다.

“하나만 물어보겠습니다. 혹시, 어딘지 모르는 곳을 가려면 어떻게 가야 합니까? 그리고 무엇인지 모르는 것을 가져오려면 어떻게 해야 할까요?”

병사들은 그 말에 놀라며 물어보았다.

“도대체 누가 그런 걸 시켰소?”

“임금님이 명령을 내리셨죠.”

"우리들도 사실 군대에 들어온 날로부터 지금까지 어딘지 모르는 곳을 가려고 하는데 갈 수가 없고, 무엇인지도 모르는 것을 찾고 있으나 찾지 못하고 있습니다. 그러니 당신에게 가르쳐 줄 수 있는 게 하나도 없답니다."

예멜리얀은 다시 길을 떠났다. 한참을 걷다가 작은 집 한 채가 있는 숲에 이르렀다. 집안에는 늙은 군인의 어머니가 앉아서 베를 짜고 있었는데 그 할머니는 침이 아니라 흐르는 눈물로 손가락을 적셔 가며 일하고 있었다. 할머니는 예멜리얀을 보자마자 크게 소리쳤다.

"무슨 일로 왔느냐?"

예멜리얀은 할머니에게 물렛가락을 내보이며 아내가 자기를 이곳에 보냈다고 말했다. 그러자 할머니는 친절하게 예멜리얀에게 여러 가지를 물어보기 시작했다. 예멜리얀은 할머니에게 어떻게 그 아가씨와 결혼했고, 어떻게 시내로 이사했는지, 어떻게 궁전에 들어갔으며 어떻게 사원을 세웠는지, 어떻게 궁전 둘레에 배가 다니는 강을 만들었는지 등의 일들을 모두 이야기했다. 그리고 이번에는 임금님이 어딘지도 모르는 곳에 가서 무엇인지도 모르는 물건을 가지고 오라고 했다는 것까지⋯ 이야기를 끝까지 듣던 할머니는 눈물을 멈추고 혼잣말로 중얼거렸다.

'마침내 때가 된 모양이군.'

"여기 앉게나, 그리고 뭘 좀 먹게나."

예멜리얀이 식사를 마치자 할머니가 말했다.

"여기 실타래가 있네. 이것을 던져서 굴러가는 쪽으로 따라가게. 한참을 가면 바다가 나올 거야. 바다 옆에는 큰 도시가 있어. 그 도시로 들어서면 보이는 첫 번째 집에 들어가서 하룻밤 재워 달라고 부탁하게. 그러면 그곳에서 자네가 필요한 것을 찾을 수 있을 거야."

"그런데 할머니, 그게 어떤 것인지 어떻게 알 수 있을까요?"

"거기 사람들이 부모의 말보다 더 잘 듣는 것이 있는데 그게 바로 자네가 찾고 있는 것이야. 그것을 가지고 가서 임금님에게 내보이거라. 그러면 임금님은 원하던 물건이 아니라고 말할 거야. 그때 자네는 이렇게 말씀드리게. '정말 이게 아니라면 부숴 버려야 합니다.' 그러고는 그것을 두드리면서 강가로 가서 산산조각을 내어 물에 던져 버려라. 그렇게 하면 자네는 아내도 구할 수 있고, 내 눈물도 마를 것이다."

예멜리얀은 할머니에게 작별 인사를 하고 집을 나와 실타래를 던졌다. 실타래는 구르고 굴러 마침내 바닷가 도시에 당도했다. 예멜리얀은 할머니가 시킨 대로 첫 번째 집에 들어가 하룻밤만 묵게 해 달라고 부탁했다.

예멜리얀이 아침에 일어났을 때 그 집 주인이 아들을 깨우며 숲에 가서 나무를 해 오라는 소리를 들었다. 그러나 아들은 아버지 말을 듣지 않았다.

"너무 이르잖아요? 조금 있다가 갈게요."

그러자 난롯가에 있던 어머니가 말했다.

"얘야, 어서 갔다 오너라. 편찮으신 아버지가 나무를 해 와야겠니?"

그러나 아들은 뭐라고 중얼거리더니 다시 누워 버렸다. 자리에 눕자마자 갑자기 요란한 소리가 길거리에서 들려 왔다. 그러자 아들은 벌떡 일어나 서둘러 옷을 입고 밖으로 뛰어나갔다. 예멜리얀도 뒤따라 뛰어나갔다. 아버지나 어머니 말도 안 듣던 아들을 밖으로 뛰어나가게 만든 소리가 무엇인지 알고 싶었기 때문이었다.

예멜리얀은 어떤 사람이 배에 둥근 물건을 차고 봉으로 둥둥 치면서 걸어가는 것을 보았다. 더 가까이 다가가서 자세히 살펴보았다. 그것은 대야처럼 둥글었고, 양쪽에는 가죽이 씌워져 있었다. 예멜리얀이 무엇이냐고 물었다.

"북이지 뭐요."

"속은 텅 비었겠군요?"

"그렇습니다만."

예멜리얀은 그 사람에게 북을 달라고 애원했지만 그는 막무가내였다. 할 수 없이 예멜리얀은 일단 북 치는 사람 뒤를 따라 걸었다. 그러다 하루 종일 북을 치던 사람이 잠시 잠든 사이에 북을 훔쳐서 도망쳤다.

예멜리얀은 북을 들고 있는 힘껏 뛰어서 자기 집으로 돌아왔다. 하지만 아내는 이미 궁전으로 끌려가고 없었다. 예멜리얀도 궁전으로 찾아가서 신하들에게 임금님을 뵙고 싶다고 말했다.

"어딘지 모르는 곳에 가서 무엇인지 모를 물건을 가지고 왔습니다."

신하들은 임금님에게 그대로 전했지만 내일 다시 오라는 임금님의 명령만 들을 수 있었다. 예멜리얀은 한 번 더 청했다.

"오늘 제가 궁전에 온 이유는 명령하신 물건을 가져왔기 때문입니다. 그러니 임금님을 직접 뵙고 싶습니다. 그렇지 않으면 제가 직접 들어가서 뵙겠습니다."

임금님은 할 수 없이 에멜이얀이 있는 곳으로 나와서 물었다.

"그래 어디를 가서 무엇을 가지고 왔느냐?"

예멜리얀은 우선 어디를 갔다 왔는지 말했다.

"그곳이 아니다."

예멜리얀은 물건을 꺼내려 했으나 임금님은 아예 쳐다보지도 않고 말했다.

"그러니 물건도 내가 원하는 게 아니다."

"그렇다면 이걸 부숴 버려야겠습니다."

예멜리얀은 북을 두드리며 이렇게 소리쳤다.

"악마에게나 던져 버리자!"

그러자 북소리를 들은 임금님의 군대가 모두 예멜리얀을 따라가기 시작했다. 군인들은 그에게 경례를 했으며 그가 명령을 내려주기만을 기다리고 있었다. 궁 밖을 내다보던 임금님은 군대를 향해 따라가지 말라고 큰소리로 명령했다. 그러나 군대는 예멜리얀만을 계속 따라가고 있었다. 다급해진 임금님은 예멜리얀에게 아내를 돌려줄 테니 제발 그 북을 자기에게 달라고 애원했다.

"안 됩니다. 저는 이 북을 부숴서 강물에 던져 버리라는 분부를 듣고 왔습니다."

예멜리얀은 북을 치면서 강가로 갔다. 군대도 그의 뒤를 따랐다. 이윽고 예멜리얀이 북을 부숴 강물에 던져 버리자 군인들이 모두 뿔뿔이 흩어지더니 달아나 버렸다.

예멜리얀은 아내를 데리고 집으로 돌아왔다. 그 후로 임금님은 더 이상 예멜리얀을 괴롭히지 않았고, 예멜리얀과 아내는 오래도록 행복하게 살았다.

무엇 때문에

1

 1830년 봄, 오래전에 죽은 친구의 외아들 이오시프 미구르스키가 조상 대대로 물려받은 영지 로잔카에 살고 있는 야체프스키를 찾아왔다. 야체프스키는 넓은 이마, 우람한 어깨, 딱 벌어진 가슴, 검붉은 얼굴에 하얀 턱수염이 돋보이는 65세 노인인데 폴란드 제 2차 분할 시대 때의 애국지사였다. 젊었을 때 그는 미구르스키의 아버지와 함께 코시치우슈코 장군의 폴란드 독립운동에 참가해 애국심을 불태우기도 했다. 그 당시 그는 러시아와 예카테리나 여제를 요한묵시록에 등장하는 탕녀에 빗대어 증오했고, 그녀의 정부인 폴란드의 국왕 포니아토프스키를 배신자라며 혐오했다. 그때까지만 해도 그는 긴 밤을 지내면 새벽이 오듯이 폴란드 왕국(1569-1795)도 재건되리라 믿었다.

1812년에 그는 자신이 존경했던 나폴레옹의 군에 입대해 연대를 지휘하기도 했다. 비록 나폴레옹의 파멸이 그를 슬프게 했지만 폴란드 부흥에 대한 희망을 잃지는 않았었다. 특히 알렉산드로 1세가 바르샤바에서 폴란드 의회를 열었을 때 그의 희망은 다시 불타올랐으나 신성 동맹과 전 유럽의 반동화, 그리고 콘스탄틴의 우매한 정치로 인해 그의 진정 어린 염원은 꺼져만 갔다.

야체프스키는 1825년부터 시골로 내려가 영지인 로잔카에서 농사를 짓고 사냥을 즐겼으며, 신문이나 편지를 읽으면서 여전히 자기 조국의 정치적 사건에 관심을 기울이고 있었다. 그는 가난하지만 아름다운 폴란드 귀족 아가씨와 재혼을 했지만 그리 행복하지 못했다.

그는 재혼한 아내를 사랑하지도 존경하지도 않았고, 오히려 귀찮게 여겼다. 실패한 재혼에 대한 분풀이라도 하듯이 그는 그녀를 구박하고 학대했다. 재혼한 아내와의 사이에는 아이가 없었고, 전처에게서 얻은 딸만 둘이 있었는데 자기의 미모에 자신이 있는 큰딸 반다는 시골에 묻혀 사는 것을 지겨워했다. 그리고 그가 사랑하는 작은딸 알비나는 생기가 넘치고 곱슬곱슬한 금발에 아버지를 닮은 넓은 미간, 반짝거리는 크고 푸른 눈을 가지고 있었다.

이오시프 미구르스키가 찾아왔을 때 알비나는 열다섯 살이었다. 이전에 야체프스키 가족이 빌리노에서 겨울을 보내고 있었을 무렵 학생이던 미구르스키가 찾아와 반다와 아이처럼 놀며 지낸 적이 있으니 성인이 되어서 방문한 건 이번이 처음이었다.

젊은 미구르스키의 방문은 로잔카의 주민 모두에게 반가운 일이었다. 야체프스키는 미구르스키가 자기 아버지를 빼닮은 듯이 보여 마음이 흡족했다. 또한 폴란드뿐 아니라 해외에서도 혁명 분위기가 고조되고 있다는 희망적이고 낙관적인 이야기도 듣기 좋았다.

야체프스키의 부인은 남편이 손님 앞이라 자중하여 평상시처럼 그녀를 꾸중하지 않는 것이 즐거웠다. 반다는 미구르스키가 자기에게 청혼을 하려고 온 것이라고 확신하고 있었기 때문에 매우 즐거워했다. 그녀는 그의 청혼을 기꺼이 받아들일 생각이었지만 자신의 가치를 좀 더 높이기 위해 조금 뜸을 드린 후 승낙해야겠다고 마음먹고 있었다. 알비나는 모든 사람들이 기뻐하고 있으므로 자신도 덩달아 즐거웠다. 그런데 미구르스키가 청혼하려고 왔다고 생각하는 건 반다뿐만이 아니었다. 비록 어느 누구도 청혼에 대해 이야기하지 않았지만 집안의 모든 사람들, 심지어 유모 루드비카까지도 그렇게 생각하고 있었다.

사실 미구르스키도 그런 의도로 로잔카를 찾아온 것이었다. 하지만 일주일을 지내는 동안 무언가에 혼란스러워하고 마음의 동요를 일으키는 듯하더니 청혼도 하지 않은 채 떠나 버렸다. 모든 사람들은 뜻하지 않은 그의 행동에 모두 놀랐지만 그

이유는 몰랐다. 하지만 알비나는 그의 뜻밖의 행동이 자기 때문임을 알고 있었기에 그리 놀라지 않았다. 그녀는 그가 로잔카에 체류하고 있는 동안 미구르스키가 자기와 있을 때에만 특별히 즐거워하고 좋아한다는 것을 알고 있었다. 그는 알비나를 마치 어린아이처럼 대했지만 그녀는 본능적으로 그가 자신을 여성으로 대하고 있다는 걸 눈치챌 수 있었다. 그녀가 미구르스키의 방에 들어섰을 때와 나갈 때 그가 바래다주며 보내는 사랑에 찬 눈빛과 상냥한 미소에서 알비나는 남자의 본심을 본 것이었다. 물론 그녀는 미구르스키의 본심을 확실하게 이해하지는 못했지만 자신을 대하는 그의 태도는 그녀를 즐겁게 해 주었으며, 그녀도 그의 마음에 들기 위해 무의식중에 노력하고 있었다. 알비나가 무슨 일을 하든 미구르스키가 마음에 들어 했기에 그녀는 그와 같이 있을 때 유달리 가슴이 설레는 것을 느꼈다.

미구르스키는 그녀와 귀여운 보르조이 강아지가 서로 앞다투어 달려가는 모습도, 붉게 달아오른 그녀의 얼굴을 핥으며 뛰어오르는 모습도 좋아했다. 또한 하찮은 일에도 사람들을 덩달아 웃게 만드는 그녀의 웃음소리도 마음에 들어 했고, 신부님의 지루한 설교를 들을 때 눈이 마주쳐 눈웃음을 치다가도 돌연 진지한 표정을 짓는 것도 사랑스러웠다. 그리고 늙은 유모나 술 취한 이웃, 혹은 미구르스키 자신까지 짐짓 우습게 흉내 내는 것 역시 마음에 들었다. 그러나 무엇보다 가장 마음에 들었던 것은 삶에 대한 그녀의 낙천적인 태도였다. 그녀는 마치 인생의 아름다움을 처음 발견한 사람처럼 삶을 즐기며 살았다. 미구르스키는 그녀의 이 특별한 낙천성이 마음에 들었고, 알비나는 특별할 것도 없어 보이는 자신의 삶이 그를 황홀하게 한다는 사실을 알았기에 매우 기뻐했다.

그렇기 때문에 반다에게 청혼도 하지 않고 그가 그냥 떠나 버린 이유를 그녀만은 알고 있었던 것이다. 그녀는 그 사실을 누구에게도 말할 수 없었고, 스스로도 모른 척했지만, 그가 언니가 아니라 자신을 사랑하게 되었음을 마음속 깊이 알고 있었다. 총명하고 교양 있는 미모의 반다와 비교했을 때 자기는 보잘것없는 존재로 여겼기 때문에 그의 사랑에 놀랐고, 기쁨을 느끼지 않을 수 없었다. 또한 그녀 자신도 온 마음을 다해 미구르스키를 평생의 연인으로 사랑하기 시작했다.

2

여름이 다 지나갈 무렵, 신문은 파리의 혁명에 관한 소식을 전했다. 뒤이어 바르샤바에서 폭동이 일어날 조짐이 보인다는 소식도 전해졌다. 야체프스키는 두려움과 희망이 뒤섞인 마음으로 콘스탄틴이 암살되었다는 소식, 드디어 혁명이 발발했다는 소식을 기다렸다.

11월 말, 드디어 황궁의 망루에 대한 공격과 콘스탄틴의 도주 소식, 그리고 국회가 러시아 로마노프 왕가의 폴란드 통치권을 회수하고 흘로피츠키를 민중의 최고 권력자로 선포하면서 폴란드에 자유가 찾아왔다는 뉴스가 전해졌다. 혁명의 기운이 아직 로잔카까지는 확산되지 않았으나 로잔카 주민들은 모두 기대에 부풀어 있었고 한편으론 다가올 혁명을 준비하고 있었다.

야체프스키는 혁명의 주동자 중 한 사람인 옛 친구와 편지를 주고받았으며, 혁명 사업을 위해 유태인 한 명도 고용하여 결정적 시기에 혁명에 합류할 준비를 하고 있었다.

야체프스키 부인은 평상시보다 더 많이 남편을 챙겨 주려고 신경 썼으나 그런 점이 오히려 점점 더 그를 화나게 했다. 큰딸 반다는 혁명위원회에 헌금하라며 바르샤바의 한 친구에게 자기의 보석과 귀금속을 보냈다. 그러나 알비나는 미구르스키에게만 관심을 기울였다. 아버지를 통해서 그가 드베르니츠키 휘하에 입대했다는 것을 들었고 그래서 그녀는 그 부대에 관한 모든 것을 알아내려고 애썼다.

미구르스키도 두 번 편지를 썼다. 첫 번째는 그가 군에 입대했다는 소식이었고, 2월 중순에 쓴 두 번째 편지에는 스토체크 싸움에서 폴란드가 승리해 러시아 대포 6문과 포로들을 생포했다는 기쁨 가득한 편지였다. 그는 편지 말미에 '폴란드에 승리를! 러시아에 패배를! 만세!'라고 썼다.

알비나는 기뻐서 어쩔 줄을 몰랐다. 그녀는 지도를 보며 러시아 군을 결정적으로 격파하게 될 장소와 시간을 헤아릴 정도로 흥분했다. 아버지가 우체국에서 가져온 소포를 천천히 풀고 있을 때면 얼굴이 창백해지며 몸을 떨 정도였다.

어느 날은 새엄마가 그녀의 방에 들어갔다가 그녀가 바지와 모자 차림으로 거울 앞에 서 있는 것을 보았다. 알비나는 남자처럼 입고 폴란드 군대에 합류하기 위해 집에서 뛰쳐나갈 작정이었다. 새엄마는 그것을 아버지에게 알렸다. 아버지는 딸의 애국심이 내심 기뻤지만 일절 내색하지 않고 엄하게 꾸짖으며 말했다.

"여자에게는 할 일이 따로 있단다. 여자들은 조국을 위해서 자기를 희생한 사람들을 사랑하고 위로해야 한다."

야체프스키는 그녀가 자신에게 기쁨과 위안을 주는 극히 필요한 존재이며, 적당한 때가 되면 결혼도 해야 할 몸이라는 걸 말했다. 그는 알비나의 마음을 어떻게 움직이고 다독거려 주어야 하는지 잘 알고 있었다. 그는 그녀에게 자기는 실로 고독하고 불행하다는 것을 넌지시 비치면서 그녀에게 입을 맞추었다. 그녀는 눈물을 감춘 채 아버지 어깨에 얼굴을 기대었다. 아버지의 잠옷 소매가 그녀의 눈물로 적셔졌다. 그녀는 아버지의 승낙 없이는 어떠한 일도 하지 않겠다고 약속했다.

3

증오하는 독일과 그보다 더 싫은 러시아가 폴란드를 분할하면서 나라를 빼앗겼던 사람들은 안다. 1830년과 그 이듬해에 있었던 봉기에 대해 폴란드 국민들이 느꼈던 감격을. 그러나 이 희망은 오래 지속되지 못했다. 러시아의 막강한 무력 앞에 혁명은 또다시 좌절되고 말았다. 러시아 황제 니콜라이 1세가 명령을 내리고 디비치와 파스케비치 장군이 이끌자 무엇 때문에 전쟁을 해야 하는지도 모르는 수만 명의 러시아인들이 폴란드로 밀고 들어왔다. 이유도 모른 채 자기들의 피와 폴란드 형제들의 피로 대지를 물들였다.

바르샤바는 점령당했고 독립 부대들은 격파당했다. 수백, 수천 명의 사람들은 총살을 당하거나 매를 맞아 죽었고, 또는 추방당했다. 유형지로 쫓겨난 사람 중에는 젊은 미구르스키도 포함되어 있었다. 그의 재산은 몰수당했고, 그 자신은 우랄스크에 주둔하는 부대로 편입되었다.

1831년에 야체프스키가 심장병으로 고생하자 가족은 그의 건강 회복을 위해서 1832년 겨울을 빌리노에서 지냈다. 이곳으로 시베리아 요새에서 근무하던 미구르스키가 편지를 보냈다.

그 편지에는 그가 어떠한 고통이 있어도 견뎌냈으며, 그리고 앞으로도 참고 견뎌 나가지 않으면 안 될 일, 조국 폴란드를 위해 받는 고통을 자기는 기뻐한다고 썼다. 이어서 그는 자기 일생의 일부분을 바친 거룩한 사업에 실망하지 않았으며, 나머지 생애도 바칠 각오가 되어 있고, 만일 내일이라도 새로운 기회가 주어진다면 자신은 똑같이 행동할 것이라고 덧붙였다.

소리 내어 편지를 읽던 야체프스키는 이 부분에서 더 이상 읽지를 못하고 흐느껴 울기 시작했다. 큰딸 반다가 이 편지의 나머지 부분을 읽었다. 미구르스키는 지난번 방문이 자신의 일생에서 영원히 빛나는 순간으로 남아 있지만 그때 품었던 꿈과 계획이 무엇이었는지 지금은 말할 수 없고, 말하고 싶지도 않다고 썼다.

반다와 알비나는 이 말의 뜻을 자기 나름대로 이해했지만 아무에게도 드러내지 않았다. 이 편지의 마지막에서 미구르스키는 모든 사람들에게 안부를 전했다. 특히 지난번 방문 때 알비나를 대했던 것처럼 장난기를 어린 문체로 아직도 강아지보다 빨리 달리는지, 여전히 다른 사람들 흉내를 잘 내는지 물었다. 그는 노부부의 건강과 행운을 빌었고, 반다에게는 훌륭한 배우자가 생기기를, 알비나에게는 그 낙천적인 삶이 계속 되기를 기원하며 편지를 마쳤다.

4

야체프스키의 건강이 점점 나빠지자 온가족은 1833년에 외국으로 이주했다. 반다는 바덴에서 부유한 폴란드인 망명자를 만나 결혼했다. 그러나 야체프스키의 병은 급속히 악화되어 결국 그해 초, 작은딸 알비나의 품에 안겨 숨을 거두었다. 그의 아내에게 병간호를 맡기지 않았으며, 마지막 순간까지 결혼 생활 동안 저지른 자신의 잘못을 사과하지 않았다.

야체프스키 부인과 알비나는 함께 고향으로 돌아왔다. 그리고 오랫동안 알비나의 삶에서 가장 중요한 관심은 미구르스키였다. 그녀의 눈에는 미구르스키가 가장 위대한 영웅이자 순교자로 보였다. 외국으로 나가기 전까지는 아버지가 요청하여 그에게 편지를 썼지만 그 후로는 서로 직접 주고받았으며 고향으로 돌아와서도 계속되었다.

그녀가 열여덟 살이 되던 어느 날, 새엄마에게 자기는 시집을 가기 위해 미구르스키가 있는 우랄스크로 가겠다고 말했다. 새엄마는 미구르스키가 부유한 집 딸을 유혹해서 자신의 고통을 분담시키고 편하게 지내려 하는 이기주의자라며 비난했다. 알비나는 화가 나서 새엄마에게 자기 나라 국민을 위하여 모든 것을 희생한 사람에게 그런 비열한 생각을 하는 사람은 당신뿐일 것이라고 말했다. 그는 오히려 돕겠다는 자신의 제안조차 거절했다며 자신은 무슨 일이 있어도 우랄스크로 가서 그가 허락하기만 한다면 그와 결혼할 생각이라고 말했다.

알비나는 성인이 되면서 숙부가 유산으로 두 조카딸에게 남긴 30만 즈워티(폴란드의 화폐 단위)의 돈을 받았다. 이제 아무도 그녀의 결심은 가로막을 수 없었다.

1833년 11월, 알비나는 죽으러 떠나는 거나 마찬가지라고 생각하는 가족들과 작별 인사를 나누었다. 그리고 그녀는 먼 여행을 위해 새로 손질한 아버지의 마차에 충실한 유모 루드비카만을 태우고 우랄스크로 떠났다.

5

미구르스키는 군인 막사가 아니라 개인 주택에서 살고 있었다. 러시아의 니콜라이 파블로비치 황제는 강등된 폴란드인들에게 엄격한 사병 생활과 병졸로서의 굴욕을 감수하라고 명령했다. 하지만 명령을 받은 대부분의 지휘관들은 강등 당한 사병들의 고통을 이해하고 있었으며, 명령 불복종으로 처벌당할 수도 있지만 폴란드 장교들을 나름대로 대우해 주고 있었다.

미구르스키가 속해 있는 부대의 대대장은 교육을 받지 못한 사병 출신이었다. 그는 모든 것을 박탈당하고 잃어버린 젊은이의 처지를 이해하고 존경했으며 모든 일에서 그를 관대히 대해 주었다. 미구르스키는 그의 선의에 대한 보답으로 사관학교 입학 준비를 하던 그의 두 아들에게 수학과 프랑스어를 가르쳐 주었다.

벌써 7개월이 된 우랄스크에서의 미구르스키의 생활은 단조롭고 침울하고 지루할 뿐만 아니라 고통스럽기까지 했다. 그는 육군 중령과 거리를 유지하는 게 낫겠다고 생각했기 때문에 폴란드 출신 생선 가게 주인 한 명 정도와 교류하고 지낼 뿐이었다. 하지만 그는 교양 없고 교활하며 불쾌한 사람이었다. 그뿐 아니라 재산도 몰수당해 가진 것은 아무것도 없었다. 다만 숨겨둔 금붙이를 조금씩 팔아서 겨우 살아가고 있었다.

우랄스크로 추방된 후 그의 유일한 기쁨은 알비나와의 편지 교환과 로잔카의 방문 때부터 항상 머릿속에 남아 있으며, 추방된 땅에서 더욱더 아름다워져만 가는 추억이었다. 그녀는 한 편지에서 '그때 품었던 꿈과 계획'이 무엇이었냐고 물었다. 그는 그건 바로 그녀를 아내로 맞는 것이었다고 고백했다. 그 후 그녀가 보내온 편지에는 그를 사랑한다고 쓰여 있었다. 그러나 그는 이전이라면 이루어질 수도 있었겠지만 이제는 불가능한 일이라며 자신이 그런 편지를 쓰지 말았어야 했다고 답장했다. 그러자 그녀는 그런 일은 가능할 뿐만 아니라 반드시 그렇게 될 것이라고 회답했으나 그는 그녀의 희생을 받아들일 수 없으며, 현재의 자기 상태로는 전혀 불가능하다고 회답했다. 그런데 그후 그는 2000즈워티의 송금 수표를 받았다. 봉투의 글씨로 보아 그것은 알비나의 것이 틀림없었다. 그는 이전에 썼던 편지

내용 중에 필요한 찻값, 담뱃값, 심지어는 책값까지도 벌어서 쓰고 있기에 만족한다고 했던 글귀가 떠올랐다. 그는 그 돈을 도로 봉투에 넣고 두 사람의 거룩한 관계를 돈으로 망치지 말길 바란다는 편지를 써서 다시 부쳤다. 그는 이제 생활에는 어려움이 없으며, 그녀와 같은 벗을 가지고 있다는 게 더할 수 없는 행복이라고 썼다. 그 후로 그녀의 편지는 더 이상 오지 않았다.

11월 어느 날, 미구르스키가 중령 집에서 아이들을 가르치고 있을 때 우편 마차의 방울 소리가 점점 크게 들려왔다. 마차는 얼어붙은 눈길에서 미끄러지는 소리를 내더니 삐걱거리며 현관 입구에서 멈췄다. 아이들은 누가 왔나 보려고 뛰어나갔고 미구르스키는 방 안에서 아이들이 돌아오기를 기다리고 있었다. 그러나 문을 열고 들어선 것은 중령 부인이었다.

"어떤 여자 두 분이 찾아와 선생님을 찾고 있어요. 폴란드 사람들 같아요."

만일 미구르스키에게 알비나가 찾아올 수도 있다고 생각하느냐고 묻는다면 절대로 불가능한 일이라고 대답했을 것이다. 그러나 그의 가슴속 깊은 곳에서는 언제나 그녀를 기다리고 있었다. 그는 심장이 두근거리고 숨이 가빠지기 시작했다. 미구르스키는 숨을 몰아쉬며 현관으로 뛰어나갔다. 현관에는 얼굴에 기미가 낀 뚱뚱한 여자가 머리에서 스카프를 풀고 있었다. 다른 한 사람은 막 중령 집 문을 들어서고 있었다. 그 여자가 등 뒤

에서 들려오는 발소리를 듣고 뒤돌아보았다. 스카프 밑으로 빛나는 푸른 눈을 크게 뜬 알비나가 기쁜 얼굴로 웃고 있었다. 그녀의 속눈썹엔 하얗게 서리가 내려 있었다. 그는 그녀를 어떻게 맞이해야 하고 무슨 말로 인사를 해야 할지 몰라 그저 우뚝 서 있었다.

"유조!"

그녀가 미구르스키를 불렀다. 그녀의 아버지는 그를 그렇게 불렀고, 알비나도 마음속으로 늘 그렇게 불렀다. 그녀는 달려가 두 팔로 목을 끌어안아 그의 얼굴에 자기의 차갑고 빨개진 얼굴을 비벼대며 웃고 울었다.

알비나가 누구이며 무엇 때문에 찾아왔는지를 알게 되자 마음씨 착한 중령 부인은 그녀가 결혼할 때까지 자기 집에서 머물도록 했다.

6.

인정 많은 중령은 당국의 허가를 받아 두 사람이 결혼할 수 있도록 도왔다. 오렌부르크에서 신부를 초빙해 교회 의식에 따라 결혼식을 치렀다. 중령의 부인이 결혼식 대모가 되었고 그녀의 아이가 성상을 받들었으며, 같은 유형자인 폴란드인 브르조조프스키가 들러리를 맡았다.

결혼 후 알비나는 비로소 그에 대해 알아가기 시작했다. 사실 그녀는 미구르스키를 열렬히 사랑하면서도 그에 대해 구체적으로 아는 게 거의 없었지만 결혼을 하고 나서야 비로소 남자로서의 그를 만나게 된 것이다. 그녀는 상상만으로 간직해 온 이미지가 아니라 피와 살을 가진 생생한 남자의 현실적이고 속된 모습들을 보게 되었다. 반면에 바로 그렇게 피와 살을 가진 현실 속의 사람이기 때문에 이전의 추상적인 이미지에는 없었던 솔직하고 착한 모습 또한 발견할 수 있었다. 결혼 전까지 그녀는 주변 사람들로부터 그의 전쟁터 무용담을 들었고, 재산을 몰수당하고 자유를 박탈당했지만 불굴의 정신으로 버텼다는 사실을 알고 있었기 때문에, 그를 영웅적인 삶을 사는 고결한 주인공으로 항상 상상해 왔던 것이다. 물론 실제로도 그는 당당한 체격과 용감성을 지니고 있었지만 현실에선 극히 온화하고 겸손한 어린양이었다. 또한 가벼운 농담을 즐겼고, 로잔카에서도 봤던 매혹적이고 순진한 미소를 지었지만 줄기차게 파이프 담배를 피워서 임신 중이었던 그녀를 특히 힘들게 했던 지극히 평범한 인간이었다.

미구르스키 또한 마찬가지였다. 그는 알비나를 통해 처음으로 여자를 알았다. 알비나의 부드럽고 고마운 마음씨 때문에 가려져 있었지만 그녀에게도 일반적인 여자의 속성이 있다는 것을 알고 그는 놀라기도 했고 절망하기도 했다. 그러나 그는 한 여자로서 알비나를 매우 사랑했으며 여전히 매력에 빠져 있었지만 그에게 과분한 행복을 안겨 준 그녀의 희생에 대해 부채의식도 가지고 있었다.

미구르스키 부부는 한겨울에 길을 잃고 언 몸을 서로 녹여 주는 사람들처럼 서로를 보듬고 사랑하며 행복하게 지냈다. 또한 언제나 헌신적인 태도로 도움을 주는 동거자이며, 아무런 악의

도 없는 잔소리를 늘어놓지만, 남자만 보면 금세 사랑에 빠져 버리는 유모 루드비카도 부부의 생활을 행복하게 만들어 주었다. 한 해가 지나 사내아이가 태어났다. 다시 1년 반 뒤에는 여자아이도 태어났다. 아들은 어머니의 눈과 장난기와 우아함을 꼭 닮아 있었고, 딸은 건강하고 예뻤다.

불행한 것이 있다면 조국을 멀리 떠나 있다는 것과 본래 자기들의 지위를 깔아뭉개는 모욕적인 상황이었다. 특히 알비나는 유조에 대한 형편없는 대우 때문에 더욱 괴로워했다. 자신의 영웅이자 이상인 그가 모든 장교 앞에서 부동자세를 취하거나 경례를 붙이고, 보초를 서며 모든 상관의 명령에 복종해야 해야 한다는 게 그녀는 참기 힘들었다.

게다가 폴란드에서 들려온 소식들은 더없이 슬펐다. 거의 모든 일가친척과 친구들이 추방을 당했거나 재산을 몰수당하고 국외로 도피했다는 소식이었다. 미구르스키 부부는 이러한 현실이 언제 끝날지 짐작할 수가 없었다. 사면을 해 주든지 처우를 개선해 주든지 아니면 장교로 승진시켜 달라고 요청했지만 모두 묵살됐다. 이뿐 아니라 니콜라이 파블로비치 황제는 군사 검열이나 사열, 혹독한 훈련을 끊임없이 거행하는가 하면 가면 무도회를 열어 광대들과 놀았으며, 할 일도 없이 추구예프에서 노보로시스크까지, 페테르부르크와 모스크바까지 온 러시아를 말을 몰고 다니면서 국민들을 놀라게 했다. 어떤 용기 있는 사람들이 조국에 대한 충정 때문에 추방당한 러시아의 12월 당원들이나 폴란드인들에게 선처를 베풀어 달라고 간청하면 그는 눈은 흐릿한데 가슴만은 쭉 펴면서 이렇게 말했다.

"아직 이르다. 그대로 두어라."

이렇게 그는 마치 자기가 언제까지가 시기상조이며 어느 시기가 적당한지를 다 아는 듯이 말했다. 그러면 주변을 에워싼 장군들, 시종들과 그들의 부인들처럼 그에게 빌붙어 사는 모든 측근들은 누구나 이 위대한 사나이의 뛰어난 통찰력과 총명함에 감동하는 것이었다.

그래도 대체로 미구르스키의 가족은 불행하다기보다는 행복하게 살아가는 편이었다.

그렇게 5년이 흐른 뒤, 이들에게 뜻하지 않은 커다란 슬픔이 닥쳤다. 먼저 딸아이가, 이틀 뒤에는 사내아이가 병에 걸렸다. 사내아이는 사흘 동안 앓다가 의사의 도움도 받지 못하고 죽었고, 이틀 뒤에는 여자아이마저 죽고 말았다.

알비나가 우랄 강에 투신자살하지 않은 것은 그 소식을 듣고 남편이 끔찍한 슬픔에 빠질 게 두려웠기 때문이었다. 하지만 그녀에게 사는 건 고통이었다. 전에는 그토록 부지런하고 명랑하던 그녀가 이제는 모든 집안일을 루드비카에게 맡기고 몇 시간이고 무엇 하나 하지 않은 채 멍하니 앉아 있는 일이 많았다. 그러다 갑자기 일어나 자기 방으로 뛰어 들어가 남편과 루드비카가 아무리 달래도 소리 없이 혼자 울었으며, 자기를 제발 혼자 있게 해 달라고 애원할 뿐이었다.

여름이 되자 그녀는 아이들의 무덤을 찾아가 이제는 돌이킬 수 없는 슬픈 기억을 떠올렸고, 만일 그때 의사의 도움을 쉽게 받을 수 있는 도시에 살았다면 아이들을 살릴 수 있었을 것이란 생각으로 가슴을 쥐어짜며 앉아 있곤 했다.

'무엇 때문에, 무엇 때문에?'라고 그녀는 생각했다. '유조는 단지 그가 태어난 집에서 그의 할아버지나 증조할아버지처럼 살고, 나는 오직 그와 함께 살며 그와 자식들을 사랑하며, 또 그들을 키우며 살고 싶었을 뿐인데. 그런데 남편은 조국에서 추방되어 이 고통을 당하고 있고, 나는 무엇보다도 소중한 아이들을 잃고 말았다. 무엇 때문에, 무엇 때문에 우리는 이렇게 살아야 하는가?'

그녀는 그렇게 인간들에게, 신에게 물었다. 하지만 아무런 대답도 얻을 수 없었다. 그녀는 이에 대한 대답 없이는 살아갈 수 없었다. 그녀의 삶은 정지되고 말았다. 전에는 그녀의 여성다운 감각과 우아함으로 초라한 유형지 생활을 견딜 수 있었지만 이제는 더 이상 유지되지 않았다. 그녀뿐만 아니라 그녀를 위로하고 도울 방법이 없다는 고통 속에서 살아가는 미구르스키에게도 견디기 어려운 일이었다.

7

부부가 고통스러운 시기를 보내던 그 무렵, 폴란드 신부 시로 친스키의 주동으로 일어난 반란과 탈주 계획에 참여했던 폴란 드인 로솔로프스키가 시베리아에서 우랄스크로 송치되었다.

로솔로프스키는 미구르스키처럼 폴란드인으로서 조국의 독 립운동에 연루되어 추방된 사람이었다. 게다가 반란과 탈주 계 획에 관여했다는 이유로 태형을 당하고 미구르스키가 있는 대 대로 배속된 것이다. 전직 수학 교사였던 로솔로프스키는 키가 크고 새우등에 말랐으며 볼이 움푹 들어가고 이마에 주름이 많 은 사내였다.

그는 우랄스크에 도착하던 첫날 저녁에 미구르스키 집에서 차를 마시면서 자연스럽고 침착한 목소리로 자기가 겪었던 사건에 대해서 이야기했다. 그의 말에 의하면 신부 시로친스키는 시베리아 전역에 비밀 결사대를 조직하고, 카자흐 부대와 상비대에 섞여 있는 폴란드인들의 도움으로 병사들과 유배되어 온 죄수들은 물론 일반 주민들까지 봉기를 일으킨 다음, 옴스크의 포병대를 점령해 모든 사람들을 해방시키는 계획을 가지고 있었다고 했다.

"그런 일이 정말 가능했습니까?"

미구르스키는 물었다.

"가능한 정도가 아니었습니다. 모든 것이 완벽하게 준비되었으니까요."

로솔로프스키는 침울하게 얼굴을 찌푸리면서 차분한 음성으로 거사 계획의 전모와 성공을 위한 모든 수단, 실패로 돌아갔을 때 주동자들을 구출할 모든 방법을 이야기했다. 두 놈의 배신자만 없었다면 성공은 확실했다고 한다. 로솔로프스키의 말에 의하면 시로친스키는 천재적이고 위대한 정신력의 소유자였다는 것이다.

그는 이어서 모든 주동자들과 함께 지켜보아야만 했던 시로친스키의 처형에 관한 이야기를 자세히 설명했다.

"2개 대대의 병사들이 긴 통로처럼 두 줄로 서 있었습니다. 병사들 손에는 가느다란 회초리가 모두 들려 있었는데 그 회초리는 총구에 꼭 세 개가 들어갈 수 있도록 규격화한 것이었죠.

황제의 명령으로 만들어졌답니다. 맨 먼저 의사 샤칼스키가 끌려왔습니다. 병사 두 명이 그를 끌고 왔는데 회초리를 든 병사들은 그가 자기 앞을 통과할 때 발가벗겨진 등을 사정없이 내리쳤습니다. 나는 그 사람의 얼굴을 내가 서 있는 곳에 다가왔을 때야 비로소 볼 수 있었지요. 처음에는 북을 두드리는 듯한 소리였어요. 이윽고 회초리를 내리치는 소리와 등을 맞는 소리가 가깝게 들려서 그가 다가오고 있다는 것을 알았습니다. 병사 두 명이 긴 소총으로 그의 팔과 어깨를 묶고 질질 끌고 가는 것을 보았는데 그는 회초리를 맞을 때마다 부들부들 떨면서 고개를 좌우로 돌렸습니다.

그가 우리 곁을 지나갈 때 러시아인 의사가 '너무 심하게 때리지 마시오.'라고 병사들에게 말했지만 그들은 사정이 없었습니다. 그가 내 곁을 두 번 지나갔을 때에는 이미 자기 발로 걷지 못하고 끌려갔습니다. 그의 등은 너무나 참혹해서 차마 볼 수가 없었어요. 나는 눈을 감았습니다.

그는 결국 쓰러져 실려 나갔고 다음에 두 번째 사람이 끌려왔어요. 그리고 세 번째 사람이, 또 네 번째 사람이 끌려왔습니다. 모두들 쓰러졌어요. 어떤 사람은 겨우 살아서 들려 나갔습니다. 우리들은 모두 그 장면을 서서 지켜보고 있어야만 했습니다. 매질은 이른 아침부터 오후 2시까지 여섯 시간이나 계속되었습니다.

마지막으로 시로친스키 신부가 끌려왔습니다. 나는 오랫동안 그를 보지 못했는데 몰라볼 만큼 늙었더군요. 그의 얼굴은 주름투성이에 창백했습니다. 발가벗은 몸뚱이는 말라서 뱃가죽이 등에 붙은 듯했고 갈비뼈가 앙상하게 드러났습니다. 그 역시 다른 사람들과 마찬가지로 한 대 맞을 때마다 몸을 떨고 머리를 흔들면서 걸었지만, 신음 소리 한 번 내지 않고 소리 높여 기도하고 있었습니다. '주여, 당신의 자비로 저들을 용서하소서.' 그 소리를 나는 내 귀로 똑똑히 들었습니다."

로솔로프스키는 목이 메는 듯, 입을 굳게 다물고 큰소리를 내며 코를 훌쩍였다. 창가에 앉아 있던 루드비카는 손수건으로 얼굴을 가리고 흐느껴 울었다.

"그만 하십시오. 더 이상 못 듣겠습니다. 짐승 같은 놈들!"

미구르스키는 그렇게 외치면서 파이프를 내던지고는 의자에서 벌떡 일어나 어두운 침실로 들어가 버렸다. 알비나는 마치 돌처럼 굳어 버린 듯 한쪽 구석에 눈길을 고정하고 앉아 있었다.

8

　

다음 날, 미구르스키는 훈련을 마치고 집에 돌아와서 아내의
모습을 보곤 깜짝 놀랐다. 그녀는 옛날처럼 쾌활하고 즐거운 모
습으로 남편을 안방으로 데리고 갔다.

"유조, 제 말을 좀 들어 봐요."

"말해 봐요, 뭐죠?"

"지난밤 내내 로솔로프스키가 하던 말들을 생각해 봤어요.
그래서 결심했어요. 나는 이렇게는 살 수 없어요. 차라리 죽었
으면 죽었지 이런 곳에서는 더 이상 살지 못하겠어요."

"그럼 어떻게 하면 좋겠소?"

"탈출해요."

"탈출하자고? 어떻게?"

"밤새도록 계획을 짰어요. 들어 보세요."

그녀는 어젯밤에 궁리해 둔 계획을 남편에게 이야기했다. 그 계획이란 이러했다. 미구르스키가 저녁에 집에 나가 우랄 강변에 유서가 든 군복을 벗어 놓는다. 그러면 사람들은 그가 자살한 것으로 생각하고 시체를 수색할 것이며 상부에 보고도 할 것이다. 그녀는 아무도 모르게 그를 숨긴다. 한 달 쯤은 숨어 살 수 있을 것이다. 그리하여 모든 것이 잠잠해졌을 때 계획대로 그들은 탈출한다.

미구르스키가 그녀의 계획을 처음 들었을 때에는 실행 가능성이 없어 보였다. 하지만 매우 열렬하게 확신을 가지고 그녀가 그를 설득하자 그도 결국 뒤늦게 그 계획에 찬성하고 말았다. 물론 탈출에 실패했을 경우에는 로솔로프스키가 이야기했던 일이 미구르스키에게도 닥칠 테지만, 성공한다면 그녀가 자유의 몸이 된다는 생각에서 동의한 것이었다. 미루르스키는 어린 자식들이 죽은 후에 이곳 생활이 그녀에게 얼마나 고통스러웠던가를 누구보다도 잘 알고 있었다.

로솔로프스키와 루드비카에게도 이 계획을 알렸다. 오랜 상의와 변경과 수정을 거쳐 탈출 계획을 짰다. 처음 계획은 미구르스키가 자살한 것으로 인정되면 혼자 걸어서 도망가다가 알비나와 약속된 장소에서 만난다는 것이었다. 그러나 지난 5년 동안 수많은 탈출 시도 중에 성공한 예는 딱 한 번뿐이라고 로솔로프스키가 이야기하자 알비나는 다른 계획을 내놓았다. 즉 그녀와 루드비카가 탄 마차 뒤에 미구르스키를 숨기고 사라토 프까지 간다는 계획이었다. 도착하면 그는 옷을 갈아입고 볼가 강을 따라 내려가서 보트를 빌려 타고 아스트라한까지, 그리고 카스피해를 거쳐 페르시아로 항해한다는 것이었다. 이 계획에 는 로솔로프스키도 동의했다. 그러나 마차 속에 당국의 의심을 받지 않고도 한 사람이 숨을 만한 공간을 어떻게 만드느냐는 것 이 문제였다. 또한 알비나는 어린 자식들의 무덤을 낯선 땅에 두고 간다는 것이 여간 가슴 아픈 일이 아니라고 말했다. 그 말 을 듣고 잠시 생각하더니 로솔로프스키가 말했다.

"당국에 어린애들의 관을 가지고 돌아가고 싶다는 청원해 보 세요. 허가를 받을 수 있을 겁니다."

"아니오. 그리고 싶지 않아요."

죽은 아이들까지 끌어들이고 싶지 않았는지 알비나는 그 계 획을 거부했다.

"거기에 모든 해결책이 들어 있습니다. 정말 관을 가지고 가 는 게 아니라 관을 위장한 큰 궤짝을 짜서 그 속에 유조를 숨기 는 거예요."

처음에는 알비나가 주저했지만 미구르스키가 이 계획에 기 꺼이 동의하자 그녀도 찬성했다. 그리하여 최종적으로 확정된 안은 다음과 같았다.

미구르스키는 그가 투신자살한 것으로 당국에서 믿도록 완벽한 행동을 한다. 그의 죽음이 인정되었을 때 알비나는 폴란드로 돌아가기로 하고, 자식들의 유골을 가지고 가고 싶다고 당국에 신청한다. 이 허가가 떨어지면 무덤을 파고 관을 꺼내는 척하다가 준비해 놓은 궤짝에 미구르스키가 들어간다. 궤짝은 마차 속에 실리고 그대로 사라토프까지 간다. 사라토프에서 배를 타면 그가 궤짝에서 나온다. 그리하여 그들은 카스피해를 거쳐 페르시아나 터키로 가면 된다.

9

우선 미구르스키 부부는 루드비카를 폴란드로 돌려보낸다는 이유로 여행 마차를 샀다. 그다음에는 비록 몸을 웅크려야 하지만 사람 하나가 들어가 숨을 쉴 수 있고, 빠르게 출입이 가능한 궤짝을 만들기 시작했다.

궤짝은 알비나, 로솔로프스키, 그리고 미구르스키 세 명이 생각해서 만들었지만 특히 훌륭한 손재주를 가진 로솔로프스키의 도움이 컸다. 궤짝은 마차의 뒤쪽에 꼭 맞게 설치되었으며, 차체와 통하는 칸막이는 뺄 수 있게 만들었다. 칸막이를 빼면 궤짝과 마차 바닥 사이에 사람이 누울 수 있는 공간이 생겼다. 뿐만 아니라 궤짝 속에는 공기가 통하도록 구멍을 뚫고, 그 윗면과 측면은 멍석을 깔고 새끼로 묶어 두었다. 출입은 마차 안에 설치된 의자 아래로만 가능했다.

여행 마차와 궤짝이 마련되자 이번에는 당국을 속이기 위해 알비나가 대령을 찾아가 남편이 요즈음 우울증에 빠져 자살을 기도했다며 걱정이 크니 당분간 그에게 휴가를 좀 주었으면 좋겠다고 건의했다. 그녀의 사람 다루는 수완은 이런 때 큰 도움이 되었다. 그녀의 자연스러운 연기에 마음이 움직인 대령은 가능한 한 노력해 보겠다고 약속했다. 미구르스키는 자기 외투에서 발견될 편지를 썼다. 그리고 약속된 날 저녁에 우랄강으로 나가 어두워지기를 기다렸다가 강변에 편지가 든 외투를 벗어 놓고 아무도 모르게 집으로 돌아왔다. 자물쇠가 채워진 다락방에 그의 은신처가 마련되어 있었다. 밤이 깊어지기를 기다렸다가 알비나는 루드비카를 대령에게 보내 남편이 스무 시간 전쯤 집을 나간 뒤 돌아오지 않는다고 알렸다. 그리고 아침이 되자 그녀에게 남편의 편지가 전달되었고, 그녀는 아주 절망적인 모습으로 눈물을 흘리면서 그것을 가지고 대령에게로 갔다.

일주일 뒤 알비나는 고국으로 떠나겠다는 청원을 냈다. 비탄에 빠진 미구르스키 부인의 모습은 그녀를 지켜본 모든 사람들을 감동시켰다. 모두들 불행한 어머니이자 가련한 아내인 그녀를 불쌍하게 여겼다. 귀국이 허락되자 그녀는 다시 어린애들의 유골도 가지고 가겠다며 당국에 허락을 청원했다. 당국은 그녀의 모성에 매우 감탄하며 기꺼이 허락했다.

허가를 받은 다음 날 저녁, 알비나 그리고 루드비카와 함께 로솔로프스키는 빌린 수레에 아이들이 들어갈 궤짝을 싣고 묘지로 갔다. 알비나는 자식들의 무덤 앞에 무릎 꿇고 기도한 다음 눈물을 닦으며 일어나 로솔로프스키에게 말했다.

"당신이 알아서 해 주세요. 저는 못하겠어요."

알비나는 옆으로 물러섰다. 로솔로프스키와 루드비카는 비석을 옮기고 삽으로 무덤의 윗부분을 파헤친 것처럼 보이게 했다. 모든 것이 끝나자 그들은 알비나를 불러 흙이 채워진 궤짝과 함께 집으로 돌아왔다.

출발일이 다가왔다. 로솔로프스키는 벌써 계획이 성공한 것처럼 기뻐했다. 루드비카는 여행 중 먹을 빵과 과자를 구우면서 두려움과 기쁨으로 심장이 터질 것만 같다고 말했다. 미구르스키는 자기가 한 달 이상이나 숨어 지내던 다락방에서 풀려나온 것이 기뻤고, 무엇보다도 알비나가 삶의 활력을 되찾게 된 것이 더없이 기뻤다. 그녀는 예전의 모든 슬픔도, 현재 감내해야 하는 온갖 위험도 잊은 듯, 아가씨 시절의 그 모습 그대로 다락방으로 달려오곤 했었다.

새벽 세 시, 호송을 맡은 카자크 사람이 세 마리의 말과 마부를 데리고 찾아왔다. 알비나와 루드비카는 함께 기르던 강아지를 데리고 융단으로 덮인 여행 마차의 좌석에 앉았다. 카자크 사람과 마부는 마부석에 앉았다. 농부 차림을 한 미구르스키는 마차에 실린 궤짝 속에 누워 있었다.

세 마리 말이 끄는 마차가 시가지를 빠져 나왔다. 건강한 세 필의 말은 은빛 나래새가 무성한 초원 사이로 돌처럼 다져진 길을 따라 마차를 끌고 달렸다.

10

알비나는 희망과 흥분으로 심장이 멎을 것만 같았다. 그녀는
이 마음을 나누고 싶어 가끔 미소 지으며 루드비카를 향해서
마부석에 앉아 있는 카자크인의 넓은 등이나 마차 밑바닥을 고
갯짓으로 넌지시 가리키기도 했다. 루드비카는 꼼짝도 하지 않
은 채 굳은 표정으로 앞만 바라보며 입술만 조금씩 오므릴 뿐
이었다.

화창하게 날이 밝았다. 아침 햇살을 받아 사방으로 끝없이 펼
쳐진 초원의 은빛 나래새가 눈부셨다. 초원에는 들다람쥐들이
파놓은 흙덩어리들이 보였고 바시키르 말들은 아스팔트처럼
딱딱한 길을 경쾌한 소리를 내며 달렸다. 초원 저 멀리 작은 동
물들이 망을 보고 있다가 위험하다고 생각되는지 휘파람 소리

를 내며 재빨리 구멍 속으로 숨어 버리곤 했다. 가끔 카자크 호송인과 마부는 밀을 실은 카자크 사람들이나 말을 탄 바시키르인들을 만나면 그들만의 타타르 언어로 유쾌하게 인사를 주고받았다. 마부는 우마역에 들러 신선한 여물을 말들에게 먹였고, 알비나가 준 술값에 기분이 좋아졌는지 마치 전령처럼 쏜살같이 말을 몰았다.

처음 당도한 우마역에서 호송인과 마부가 지친 말을 새로운 말로 교체하느라 자리를 비우면 알비나는 허리를 굽혀 남편에게 필요한 건 없는지 힘들지는 않은지 물었다.

"아무 문제없어. 이 정도라면 이틀이라도 누워 있을 수 있어."

해질 무렵에 데르가치라는 큰 마을에 도착했다. 남편의 몸을 좀 펴게 하고 활기를 되찾게 하기 위하여 알비나는 마차를 역에 세우지 않고 여관 앞에서 세웠다. 그리고 호송인과 마부에게 돈을 주며 달걀과 우유를 사다 달라고 부탁했다. 여행 마차는 컴컴한 처마 밑에 세워져 있었다. 알비나는 루드비카에게 카자크인을 망보게 하고 남편에게 먹을 것을 주었다. 그리고 카자크인이 돌아오기 전에 마차 밑의 비밀장소로 다시 들어갔다. 이곳에서 다시 말들을 바꾸어 여행을 계속했다. 알비나의 기분은 점점 좋아지고 끓어오르는 감정을 억제할 수 없었지만 그 누구와도 함께할 수 없는 상황이었기에 그저 혼자 즐거워할 뿐이었다.

루드비카는 못난 얼굴을 가졌지만 모든 사내들이 자기에게 관심을 보인다고 착각하곤 했다. 지금도 밝고 선량하며 푸른 눈을 가진 건장하고 마음씨 좋은 카자크 사람이 친절하게 말을 끌어 주는 게 자신에게 연심을 품고 있어서 그런다고 생각하고 있었다.

알비나는 강아지 트래조르카가 좌석 밑을 냄새 맡지 않도록 달래면서, 루드비카가 자기를 어떻게 생각하는지도 모른 채 늘 웃으며 대해 주는 카자크인에게 그녀가 보내는 애교를 즐겁게 관찰하고 있었다. 알비나는 위험하지만 얼마 있으면 성공할 탈출, 화창한 날씨와 초원의 신선한 공기로 잔뜩 흥분되어 그녀가 오랫동안 잊고 살았던 어린 시절의 기쁨과 즐거움을 맛보았다. 미구르스키도 그녀의 명랑한 말소리를 들으며 비록 덥고 갈증이 심했지만 잘 참으며 그녀가 기뻐하는 것에 그도 같이 기뻐했다.

이틀째 해질 무렵, 안개 속에서 무엇인가 보이기 시작했다. 사라토프시와 볼가강이었다. 카자크인은 초원 생활에 익숙해진 눈으로 볼가강과 돛대들이 보인다며 루드비카에게 말했다. 루드비카는 자기도 보인다고 말했다. 그러나 알비나는 아무것도 알아볼 수 없었지만 일부러 남편이 알아듣도록 큰소리로 이렇게 말했다.

"저기 사라토프시와 볼가강이 보이는구나."

마치 강아지에게 이야기하듯 알비나는 자기가 본 모든 것을 남편이 듣도록 말했다.

11

알비나는 사라토프시까지 들어가지 말고 시내 맞은편이자 볼가강 왼편에 있는 포크로프스키에 마차를 세웠다. 이곳에서 밤에 남편과 이야기도 나누고 일이 잘되면 궤짝에서 나오게 하려고 했다. 그러나 카자크인은 마차를 떠나지 않고 처마 밑에 세워진 빈 수레 안에서 지새웠다. 알비나의 지시대로 마차 안에 앉아 있던 루드비카는 자기 때문에 카자크인이 근처에 있는 것이라고 확신하고 눈짓이나 미소를 보내는가 하면 주근깨로 덮은 얼굴을 손수건으로 가리기도 했다. 그러나 알비나는 카자크인이 무엇 때문에 마차에서 떠나지 않고 저렇게 붙어 있는지 점점 불안해지기 시작했다.

5월의 짧은 밤이 지나고 아침놀이 점점 붉어지고 있었다. 알비나는 여관방에서 나와 퀴퀴한 냄새가 나는 복도를 지나 뒷문으로 나가 보았다. 카자크인은 여전히 자지 않고 마차 옆의 빈 수레에 발을 뻗고 앉아 있었다. 날이 밝아오면서 수탉들이 울기 시작할 때쯤 알비나는 아래로 내려가 남편과 잠시 이야기를 나눌 수 있었다. 카자크인이 발을 쭉 뻗고 수레에서 코를 골며 자고 있었기 때문이었다. 그녀는 마차 옆으로 조심스럽게 다가가 궤짝을 두드렸다.

"유조!"

대답이 없었다.

"유조! 유조!"

그녀는 당황하여 좀 더 큰소리로 불렀다.

"왜 그래요? 무슨 일이오?"

졸린 듯한 음성이 궤짝 속에서 들려 왔다.

"왜 대답을 하지 않았어요?"

"자고 있었지요."

남편의 목소리에 웃음기가 배어 있었다.

"나가도 되나?"

"안 돼요. 옆에 카자크 사람이 있어요."

이렇게 말하고 그녀는 수레에서 자고 있는 카자크인을 돌아보았다. 놀랄 일이었다. 카자크인은 코를 골고 있었지만 그의 눈, 그 선량한 눈은 뜨고 있었다. 그는 그녀를 쳐다보고 있다가 시선이 마주치자 눈을 감아 버렸다.

'분명히 자고 있는 듯이 보였는데? 깨어 있었나? 아냐, 자고 있는데 내가 잘못 본 거겠지.'라고 생각하며 알비나는 다시 궤짝을 향해 물었다.

"조금만 더 참으세요. 뭐 먹고 싶은 건 없어요?"

"없어. 담배를 피우고 싶군."

알비나는 다시 카자크인을 살펴보았다. 그는 자고 있었다.

'그래. 내가 잘못 본 거야.'

그녀는 대수롭지 않게 생각했다.

"나는 이곳 지사를 만나고 올게요."

"그래, 잘 다녀와요."

알비나는 여행 가방에서 옷을 꺼내 들고 여관으로 갔다.

깨끗한 상복으로 갈아입은 알비나는 배를 타고 볼가강을 건너 마차를 잡아타고 지사에게로 갔다. 지사는 그녀를 반갑게 맞이했다. 젊게 차려 입은 지사는 미인인데다가 애교 있게 미소를 지으며 유창하게 프랑스어를 구사하는 폴란드 미망인이 마음에 들었다. 그는 그녀가 바라는 모든 것들을 허락했고 차리친 시장에게 보내는 명령서를 줄 테니 내일 받으러 오라고 말했다. 지사가 보여 준 태도에 자기의 매력이 한몫했다고 생각한 알비나는 행복하고 희망에 부풀어 산기슭의 비포장도로를 따라 마차를 타고 부두로 돌아왔다.

해는 벌써 숲 위 떠올라 있었다. 햇살은 넘실대는 볼가강의 물결 위에서 뛰놀고 있었다. 언덕길 양쪽을 향기로운 꽃으로 뒤덮은 사과나무가 마치 흰 구름처럼 보였다. 강가의 돛대는 숲처럼 보였고, 바람에 일렁이는 잔물결 위로 돛이 희끗희끗하게 보였다.

부두에 도착한 알비나는 아스트라한까지 갈 배를 빌릴 수 있겠느냐고 문자 옆에서 듣고 있던 수다스럽고 쾌활한 사공들이 서로 자기의 배를 이용해 달라고 몰려들었다. 그녀는 마음에 드는 사공과 함께 빽빽이 들어찬 배들을 지나 그 사람의 배를 보러 갔다. 그 배에는 바람을 받아 나아갈 수 있는 작은 돛대가 하나 솟아 있었고, 바람이 없을 때 사용하는 두 개의 노가 달려 있었다. 배에는 건장하고 쾌활한 사공 두 명이 있었는데 그들은 여행 마차를 버리고 가지 말고 바퀴만 떼어 배에 실으라고 조언해 주었다.

"마차를 실으면 배의 중심이 잡혀 손님도 편하게 앉아서 가게 될 거예요. 날씨만 좋으면 닷새 만에 아스트라한까지 갈 수 있어요."

알비나는 뱃사공과 흥정을 끝내고 그에게 포크로프스키 마을의 로기노프 여관으로 와서 마차도 보고 계약금도 받아가라고 일렀다. 모든 일이 예상했던 것보다 훨씬 수월하게 진행되어 갔다. 더 없는 행복감으로 알비나는 볼가강을 건넜다. 그녀는 뱃삯을 치르고 여관으로 향했다.

12

카자크인 마부 다닐로 리파노프는 시르트시의 스트렐레츠키 마을 출신이었다. 그는 서른네 살이었으며, 제대가 한 달 남은 카자크 군인이었다. 그에게는 아직도 60여 년 전에 벌어졌던 푸카초프의 반란을 기억하고 있는 아흔 살의 할아버지와 두 동생, 가톨릭 박해 때문에 시베리아로 유형당한 형과 형수, 그리고 아내와 두 딸, 두 아들이 있었다. 그는 아버지가 프랑스인들과의 전쟁에서 전사하자 집안의 가장이 되었다. 그의 집에는 열여섯 마리의 말과 두 마리의 소가 있으며, 또 자기 마음대로 경작할 수 있는 넓은 땅을 소유하고 있었다. 그는 오렌부르크를 거쳐 카잔에서 근무했고 지금은 근무 연한이 얼마 남지 않은 상태였다.

독실한 가톨릭 신자인 그는 담배나 술도 멀리했고 불신자들과는 식사도 하지 않았으며 한번 맹세한 일은 무조건 지켰다. 자기가 맡은 일은 실수 없이 정확하게 수행했으며 상관으로부터 임무가 떨어지면 총력을 기울여 완수해 내는 사람이었다. 그는 지금 사라토프까지 두 여인과 어린애의 관을 호송해서 도중에 실수 없이 무사히 도착하면 관헌에게 인도하도록 명령을 받고 있었다.

여자들은 폴란드 사람들이었지만 상냥하고 조용했으며 이상한 낌새는 없어 보였다. 그런데 포크로프스키에 도착해 마차를 세워 놓고 그 옆을 지나가는데 강아지가 마차 안으로 뛰어 들어가 꼬리를 흔들며 끙끙거리는 것을 보았다. 그리고 마차 밑에서 무슨 소리가 들리는 것도 같았다. 그러자 나이 많은 폴란드 여자가 기겁을 하며 강아지를 끌어내렸다.

'이상하다.'라고 생각한 카자크인은 그들을 살피기 시작했다. 젊은 폴란드 여자가 이른 새벽에 마차 옆으로 왔을 때도 그는 자는 척하면서 감시하다가 궤짝에서 남자 목소리가 나는 것을 똑똑히 들었다. 그는 아침 일찍 경찰서로 찾아가 폴란드 여인들이 무엇인가 수상한 일을 벌이고 있으며, 궤짝 속에다가 시체 대신 살아 있는 사람을 운반하고 있는 듯하다고 신고했다.

알비나는 드디어 모든 계획이 성공적으로 끝나고 며칠 뒤에는 자유의 몸이 될 것이라고 확신하며 여관으로 돌아왔다. 그런데 그녀는 대문에 두 필의 말과 두 명의 카자크 군인이 서 있는 것을 보고 놀라고 말았다. 문 앞에는 많은 사람들이 모여서 마당을 들여다보고 있었다.

그녀는 그 말들과 사람들이 자신과 연관이 있으리라고는 생각도 하지 않았다. 마당에 들어서서 자기들의 마차가 서 있던 처마 밑을 내려다보고서야 사람들이 자기들의 마차에 몰려 있다는 것과 강아지 트래조르카가 절망적으로 짖는 소리를 들었다. 생각할 수 있는 가장 끔찍한 일이 벌어졌던 것이다.

여행 마차 앞에는 새카만 구레나루를 기른 남자가 위압적으로 서서 굵고 큰 목소리로 무언가를 명령하고 있었다. 그리고 그 남자와 두 병사 사이에는 머리가 헝클어지고 지푸라기가 붙은 농민 복장의 유조가 있었다. 그는 지금 벌어지고 있는 일이 아무래도 납득이 가지 않는 듯한 태도로 어깨를 올렸다 내렸다 하면서 서 있었다. 강아지는 자기가 모든 불행의 단초를 제공했다는 것도 모른 채 경찰서장을 향해서 앙칼지게 짖어댔다. 알비나를 보자 미구르스키는 몸을 부르르 떨면서 다가가려 했지만 병사들에게 제지를 당했다.

"아무 일도 아니오, 알비나! 아무 일도 아니오!"

미구르스키는 평소처럼 온화한 미소를 보내며 말했다.

"바로 아주머니시군요! 이리 와 보십시오. 이것이 아이들 관입니까? 그럼 이 사람은 누구요?"

경찰서장은 미구르스키를 눈짓으로 가리키며 말했다.

알비나는 대답하지도 못하고 그저 가슴을 움켜잡고 입을 벌린 채 공포에 질려 남편의 얼굴만 바라보았다.

마치 죽음 직전이나 절체절명의 순간에 흔히 그렇듯, 그녀도 그 짧은 순간에 수많은 생각과 감정들이 한꺼번에 떠올랐다. 그러면서도 지금 벌어지고 있는 지독한 불행을 도저히 받아들일 수 없다는 표정을 지었다. 그녀가 느낀 첫 번째 감정은 굴욕감이었다. 그것은 영웅인 남편이 무지막지하고 야만적인 자들의 손아귀에서 난폭하고 거칠게 다루어지는 걸 눈앞에서 봐야 하는 비참한 감정이었다. '어떻게 저들이 모든 인간 중에서 가장 훌륭한 내 남편을 결박할 수 있는가?' 이런 감정과 동시에 그녀의 생애에 있어서 최대의 불행이었던 자식들의 죽음에 대한 회상도 불러일으켰다. 그녀는 이제 다시 스스로에게 묻게 되었다. '무엇 때문에 자식들을 빼앗겼는가?', '무엇 때문에 우리는 이렇게 살아야 하는가?', '무엇 때문에 누구보다도 가장 훌륭한 사람인 내 남편이 조롱당하고 고통을 받아야 하는가?' 그리고 그를 기다리고 있을 치욕적인 처벌이 떠오르자 이 모든 일이 오로지 자신의 잘못 때문에 벌어졌다고 생각했다.

"이 사람은 누구요? 당신 남편인가?"

경찰서장은 되풀이해서 물었다.

"무엇 때문에? 무엇 때문에?"

그녀는 그렇게 외쳤다. 그리고 미친 듯이 웃기 시작하더니 마차에서 떼어낸 궤짝 위에 쓰러졌다. 루드비카가 통곡을 하면서 그녀에게 다가갔다.

"마님, 가엾은 우리 마님! 하느님의 가호가 있을 거예요. 아무 일도 없을 거예요. 괜찮을 거예요."

그녀는 알비나의 손을 쓰다듬으며 말했다.

미구르스키에게 수갑이 채워지고 마당에서 끌려 나갔다. 알비나는 뒤따라 쫓아가며 소리쳤다.

"용서해 주세요, 여보. 나를 용서해 주세요! 모든 게 다 제 잘못이에요!"

"누구의 잘못인지는 조사하면 될 거요. 물론 당신에게도 잘못이 있겠지."

경찰서장은 그녀를 밀치며 말했다.

미구르스키는 부두로 끌려갔다. 알비나는 자기가 무슨 짓을 하고 있는지조차 모른 채 미구르스키 뒤를 따라갔다. 그녀를 말리는 루드비카의 말도 들리지 않았다.

카자크 군인 다닐로 리파노프는 이 비극적인 사태 내내 마차 옆에 서서 침울한 표정으로 경찰서장과 알비나를 번갈아 쳐다보다가 자신의 발밑으로 시선을 떨어뜨렸다. 미구르스키가 끌려가자 혼자 남은 강아지 트래조르카는 꼬리를 흔들며 그에게 매달렸다. 이행을 하는 동안 강아지는 그와 친해진 것이었다. 카자크인은 갑자기 마차에서 벗어나더니 모자를 벗어 땅바닥에 힘껏 내팽개쳤다. 그리고 다리로 강아지를 밀치고는 술집으로 들어가 버렸다. 그는 가진 돈 모두와 옷가지까지 맡기고 대낮부터 밤늦게까지 술을 마셨다. 다음 날 밤, 도랑에서 겨우 잠이 깬 그는 궤짝 속에 숨어 있던 폴란드 여인의 남편을 신고한 것이 과연 잘한 일이었나에 대한 생각을 더 이상 하지 않기로 했다.

미구르스키는 재판에 회부되었고, 탈출한 죄로 회초리 1000대의 태형을 선고받았다. 그러나 일가친척들과 지인들이 동분서주로 진정서를 낸 끝에 그는 태형 대신 시베리아 종신 유배형에 처해졌다. 알비나도 그를 따라 떠났다.

니콜라이 파블로비치 황제는 폴란드뿐만 아니라 전 유럽에서 혁명의 기운을 짓밟아 버리고는 기뻐했다. 또한 자신이 러시아 차르 체제의 유훈을 계승했으며 국민의 이익을 위해 러시아가 폴란드를 지배하게 되었다고 자랑스러워했다. 금빛 제복에 별을 주렁주렁 단 무리들도 그를 찬양해 대자 그는 자신이 위대한 인물이며 자기의 삶이 인류를 위해, 특히 러시아 국민에게 위대한 축복이라고 굳게 믿게 되었다. 그러나 그는 러시아인들을 타락시키고 어리석게 만든 데 자신이 전력을 기울이고 있다는 사실을 전혀 인식하지 못했다.

레프 니콜라예비치 톨스토이(1828-1910)는 러시아의 세계적인 대문호이자, 우리나라에서 가장 사랑받는 러시아 작가이다. 러시아의 많은 뛰어난 작가들 가운데 유독 우리나라 사람들의 마음을 사로잡는 톨스토이의 힘은 무엇일까.

톨스토이의 소설 속 문장들은 군더더기 없이 간결하고 깨끗하다. 그리고 매우 아름답다. 마치 제각각의 소리를 내는 여러 악기들이 명지휘자의 지휘봉 아래 조화로운 화음을 이루며 하나의 명곡을 만들 듯, 그의 소박하고 단순한 문장 속에 인간의 현란한 모습이 파노라마처럼 펼쳐진다. 톨스토이라는 장인의 솜씨 아래 인간은 각양각색의, 역동적인 욕망과 감정, 생각, 사상과 주장들을 가지고 존재의 무궁한 역사를 만들어 나간다. 그래서 그의 소설을 보며, 그의 문장을 보며, 그 단순함 속에 담긴 거대함과 화려함에 늘 경외심을 가지게 된다. 그의 첫 소설인 《유년시절》(1852)에서부터 톨스토이를 세계 최고의 작가 반열로 올린 대작 《전쟁과 평화》(1863-1869), 《안나 카레니나》(1873-1877)가 그러하다.

이런 톨스토이의 작품 세계에 종교적 색채가 본격적으로 나타나는 시기가 1880년대 이후부터인데, 이것이 잘 드러나는 작품이 바로 단편 소설 〈사람은 무엇으로 사는가〉(1881)이다. 인간의 삶이란 무엇이며, 죽음은 무엇인가, 삶의 의미란 무엇인가, 진정한 행복은 어디에 있는가… 이런 인간 존재의 고유한 물음에 대한 톨스토이의 기독교적 해답을 선언적으로 담은 작품이 바로 《사람은 무엇으로 사는가》이다. 톨스토이는 순수하고 단순한 삶을 살아가는 러시아 농부들의 생활 속에서, 그들의 소박한 신앙 안에서 인간의 구원과 행복을 보았다. 그렇기에 이 작품이 민간에서 구전으로 전해지던 설화를 바탕으로 민담의 형식을 빌어 쓰인 것은 의미심장하다.

《사람은 무엇으로 사는가》의 문장 역시 매우 단순하고 간결하다. 깨끗하다. 그리고 이제 이 단순하고 소박함 속에서 톨스토이는 우리들에게 진지하게 질문을 던진다. "당신의 삶의 의미는 무엇입니까?", "당신은 무엇에 기대어 이 고단한 삶을 살아가고 있습니까?"

아마도 이런 톨스토이기에 우리들이 그토록 사랑하는 것이
아닐까…

강승현